KB140709

이런 핑계

이런 핑계

유병근 수필집

수필과비평사

수필을 하면서

수필쓰기는 때로 가슴을 찌르는 먹먹한 고질병이다. 고질병을 진단받고자 심전도 촬영대 앞에 선다. 심전도에 나타난 그때그 때의 이지러진 영상, 이런 꼴이 되었다.

2014년 봄

유 병 근

첫째마디

둘째마디

셋째마디

넷째마디

첫째마디

날이 풀린다

탱자나무 울이 기지개를 켜는 수런거림을
본다. 까치둥지 같은 탱자나무 울은 햇볕이 태어나는 햇볕둥지
였다. 탱자나무 요람을 타고 옹알이하는 부드럽고 앙증맞은 햇
볕의 입술, 내 눈과 귀는 그쪽으로 간다.

수필이라는 이름의 낯선 옹알이를 찾아 햇볕둥지 아래 선다.

다섯 섬인지 여섯 섬인지

나들이를 나온 사람들은 하나같이 바로 눈 앞의 오륙도를 입에 담는다. 섬이 다섯이라느니 여섯이라느니 고개를 이쪽 혹은 저쪽으로 갸웃거리며 헤아리기도 한다.

남구 용호동 장자산의 남서끝자락 해안에 매달린 오륙도는 이마에 부딪칠 듯 훤하다. 성큼 건너뛰면 금방 방패섬에 닿을 듯하다. 육지에서 가까운 섬부터 헤아려 방패섬 솔섬 수리섬 송곳섬 굴섬 그리고 등대섬이라는 말을 어디선가 들은 기억이 있다. 기억이란 때로 빛이 바래지는 법이라며 그때 노트에 적었었다.

장자산이 미처 말하지 못한 속내를 말줄임표처럼 띄엄띄엄 찍어둔 것이 섬이 되었을 것이다. 섬 이름에서 그 말줄임표가 무슨 내용인지를 대강 짐작할 수도 있어 보인다.

오륙도가 잘 나오게 카메라 앞에서 포즈를 잡는 관람객이 있다. 그들은 아마 멀리서 온 것 같다. 무리 가운데서 누군가 배경이 짱이라고 소리를 쳤다. 배경을 살려야 기념이 된다면서 이쪽으로 저쪽으로 렌즈 안으로 사람들을 밀거나 끌어들이거니 한다. 섬이 주인공이다. 무슨 기념사진이란 것도 중요인사를 중심으로 사람들이 삥 둘러서지 않던가.

엇둘 엇둘하는 구령이라도 붙이는 신명에 들뜬 오륙도라며 나는 가만히 있는 섬을 속으로 중얼거린다. 그러고 보니 등대섬이 횃불을 들고 올망졸망한 섬들을 거느리고 나들이하듯 어디론가 가고 있는 형상이 보인다. 초등학생 무렵 선생님을 따라 학교 인근으로 소풍을 가던 기억이 떠올라 섬 하나하나에 까마득히 사라진 친구의 이름을 불러본다. "책상을 같이 했던 아이들의 이름과, 패, 경, 옥 이런 이국소녀들의 이름과"로 이어지는 시인 윤동주의 〈별 헤는 밤〉을 중얼대기도 한다.

섬 구경을 하러 나들이를 나온 사람이 어쩌다 섬의 배경이 된다는 생각 또한 지울 수 없다. 배경을 사전적인 뜻풀이만으로 새길 수 없을 것이라며 사람을 주인공으로 삼았다가 섬을 주인공으로 삼았다가 이런 저런 말놀이에 흥이 끌린다. 말놀이이의 배경에 섬이 있고 섬의 배경에 말놀이가 있지 않겠는가. 배경이라는 말을 굳이 고정시킬 수 없을 것이란 풀이에 가만히 잠겨든다. 밑자리만 차지하리라고 여겼던 사람이 어느 날 으리으리한 자리로 껑충 뛰어올라 보는 사람의 눈을 부시게 하던 배경[인맥]도 어쩌다 짚어볼 수 있는 세상이다.

오륙도를 처음 말로만 들었을 때 부산바다 저 멀리 떠 있는 섬인 것으로만 알고 있었다. 그런데 장자산 기슭에 매달린 형상을 보고 있으니 모자지간母子之間이나 다름없는 다정한 섬이다. 아이들을 올망졸망 거느린 등대섬인 엄마가 바다구경을 나온 것이리라. 그 아이들 이름이 방패섬 솔섬 수리섬 송곳섬 굴섬 등 '섬'자 돌림이지 싶다. 나도 아이들 이름을 지을 때 돌림자를 넣었다. 그렇게 하는 것이 더 큰 유대감으로 형제애를 돈독하게 하는 길이란 것을 짐작하고 있었다. 돌림자는 형제애의 오붓한

끈이나 다름없다.

　다시 오륙도를 보고 있으니 단순한 섬만이 아니란 생각에 잠긴다. 그것은 해초를 뜯거나 조개를 캐는 단란한 가족사진이다. 그런데 그건 억지나 다름없다며 반기를 드는 소리가 내 안에서 들린다. 오륙도를 그냥 지도에서 보는 오륙도로 보자고 옆구리를 슬며시 꼬집는다. 괜히 이러쿵저러쿵하는 것은 섬에 낙서를 하는 짓이나 다름없는 노릇이라고 입을 삐죽거리는 소리도 들린다. 어느 장단에 맞추어 장구를 쳐야 하나, 그런데 또 들리는 소리가 있다. 외면으로만 보는 소견은 천편일률인데 내면에 귀를 대면 오륙도는 보다 다양한 형상인 오륙도가 되지 않겠느냐고 한다. 무슨 깊은 생각이 좀 있는 듯한 은근한 풀이에 슬그머니 귀가 쏠린다. 그래 이리 보건 저리 보건 그것은 생각의 흐름에 맡기기로 한다.

밤낮 출렁이는 바닷물과 함께 하는 오륙도다. 환경에 적응하려면 오륙도 또한 그네처럼 출렁이는 섬으로 살아야 한다. 그 출렁임 속에서 은밀하게 드러나는 감추어진 뜻을 생각해 보는 일도 그런대로 어떤 몫은 되지 않겠는가.

다섯 섬인지 여섯 섬인지 썰물 밀물 따라 나고 드는 섬, 그 어리둥절함이 눈앞에 떠 있다.

햇볕이 달다

아침에 읽은 신문을 다시 뒤적거린다. 한번 눈을 거치면 구문이 되는 것을 여기저기 건성으로 들춰본다. 종일 집안에 들앉아 달리 볼 것은 없나 하고 군것질을 뒤지듯 두리번거리는 때가 많다.

국회의원들이 자기네 이익에 될 안건이나 내밀어 그걸 통과시키는 내용이 정치면을 차지한다. 국회에 진출할 때는 사리사욕이 아닌 오로지 국민을 위하고 어쩌고 핏대를 올리며 다짐을 했다. 하지만 당선이 된 다음은 마음이 싹 달라지는 것 같다. 똥 누러갈 때와 똥 눈 다음의 마음은 다른 것이라고 수지를 내밀듯 누가 입술을 내밀었다. 속으면서 사는 세상이라고 하지만 정치

인에게 속는 마음에는 퀴퀴한 구린내가 유독 심하게 퍼진다.

신문을 접으면 달리 볼 것이 없으니 보는 척할 뿐이다. 티브이를 켜도 신통한 것이 없다. 밤낮 비슷비슷한 내용을 보고 있으니 그게 그것일 수밖에 없어 때로는 신물이 난다. 하지만 달리 뭐가 있을까 하고 채널을 이것저것 돌려 본다. 어떤 사람은 지하철을 타고 지하철이 닿는 곳으로 가다가 다시 되돌아오는 짓을 한다지만 이처럼 따분한 시간 잡아먹기는 없을 성싶다.

방안에서 우두커니 지내느니 지하철이나마 타고 지하철의 승객을 구경하는 것이 더 나을지도 혹 모른다. 그러나 그것은 나라 경제를 낭비하는 미련한 짓이라며 혼자 잘난 척한다. 펑펑 남아도는 시간을 주체하지 못해 낚시질을 즐기는 사람도 간혹 있다. 아니면 산을 타면서 산을 즐기는 사람도 있다. 그러나 그 노릇도 며칠 계속하는 사이 곧 신물이 난다.

지긋하게 눌러앉아 할 수 있는 일이 무엇인지 생각해 보기로 한다. 그래 시간을 좀 맛있게 꾸릴 요량으로 집어든 것이 책이다. 책 속에 길이 있다고 하는 말은 길을 잡지 못하고 서성거릴 때 이런저런 도우미가 된다.

책갈피 속에 무슨 환각제 성분이 깔려 있을까. 십 분이나 이십 분쯤 눈을 대고 있으니 글자 사이에서 모락모락 피어오른 환각 성분이 정신을 몽롱하게 마취시키는 느낌이 든다. 절로 하품이 나오고 스르르 눈이 감긴다. 몸의 나사란 것이 암컷은 암컷대로 수컷은 수컷대로 슬그머니 따로 노는 몽환상태란 것을 어렴풋이 짐작하게 된다. 이런 것을 무중력이라거나 무의식 어쩌고 하는지도 모른다. 무중력이며 무의식 같은 것을 맛보고자 책에 매달린다는 핀잔을 들을 만하다.

그런데 독자의 구미를 끌어당기느라고 달콤한 맛을 곁들인 내용은 글을 읽는 맛이 느끼하다. 몇 장을 넘기기도 전에 책을 덮는다. 혼자만 아는 척하는 현학적인 구절 인용은 글을 쓴 사람의 생각을 짚어볼 수 없어 아쉽다. 하지만 남의 티끌을 뜯는 스스로가 때로는 경망스럽다는 생각이 든다. 정신을 차려보면 이런 대목은 이래서 그럴싸하고 저런 인용은 저래서 돋보인다며 밀쳐둔 책갈피에 다시 애정 깃든 관심을 쏟는다.

남의 글을 대할 적에는 먼저 따뜻한 시각을 가져야 했다. 따뜻한 마음에 편안함이 있다. 잘못 짚은 넋두리도 따지고 보면 하나만 알고 둘은 모르는 고집불이 같은 어리석은 처사였다. 글맛을 모르는 탓이라고 스스로를 나무란다. 아는 것도 없이 국회의원들의 입법행위가 이렇다 저렇다느니 함부로 입을 대었지 싶다. 먼 거리에서 듣는 소문으로만 불평불만을 늘어놓지 않았나.

소문이라는 것은 그 빛깔이 들쭉날쭉이다. 하얗던 말도 한 걸음 나가면 파랗게 변하고 두 걸음 나가면 까맣게 덧칠되는 등 본래의 빛깔하고는 점점 멀어진다. 나이 속에도 그런 터무니없는 말의 빛깔이란 것이 있는 것 같다. 가령 아내가 아침 준비를 하고 부르는데 그걸 엉뚱한 소리로 듣고 있다가 옐로카드를 먹은 적도 있다. 컴퓨터 앞에 앉아 뭔가를 쓰고 있었는데 부엌에서 하는 소리를 전혀 분별하지 못했다.

말썽은 다른 데서 홍수에 지친 강둑처럼 툭 터진다. 물주전자를 가스레인지에 올려놓고 컴퓨터 앞에 앉았다가 주전자를 새까맣게 태워먹은 적도 있다. 다시는 그런 멍청한 짓은 하지 않아야겠다고 마음으로 다짐을 했으나 며칠이 못가 냄비를 고스란히 태웠을 때는 난감했다. 왜 나는 좀 다부지게 행동하는 구석이 없을까. 주전자를 태우고 라면을 숯검정으로 만들지 않나, 이런 꼬락서니에 남의 작품을 감히 이렇다 저렇다 말할 수 있나.

글을 써서 태워먹은 주전자나 냄비 값이라도 벌어야겠는데 언감생심 거기에도 미치지 못한다. 아무래도 영 글러먹었다. 어떤 사람은 베스트셀러라는 것을 쑥쑥 뽑아내어 돈방석에 앉는 행운을 탄다. 그렇다고 그 재능을 부러워하지는 않는다. 주전자나 냄비를 태워먹는 것도 재능이라면 어떨까 하고 자발없는 구변으로 나를 포장한다.

가만히 있는 것이 집안에 도움이 되는 길이란 짐작이 들 때가 있기는 하다. 노병은 죽지 않고 사라지는 법이라고 미국의 맥아더 장군이 말했다고 하지만 내 경우는 아직 사라질 처지는 아니라고 고집을 부린다. 어떻게든 움직여야 새로운 생각 하나라도 더 짚어낼 수 있는 길이 될 것이라며 스스로를 위무한다. 그러고 보니 나도 한갓진 쓸모는 있는 셈이라고 이기주의나 다름없는 어수룩한 잣대를 댄다.

햇볕이 달다. 좀 밝고 환한 마음을 가져보라고 타이르는 햇볕이다. 강둑으로 나가 보아야겠다.

이런 핑계

여기는 고기가 잘 다니는 길목이라고 어부는 바닷물을 가리키며 말했다. 캄캄하게 깊고 넓은 바다 가운데다. 그 길목에 어부는 그물을 친다.

글을 쓴다고 떠벌리면서 글이 오는 길목을 아직 모른다. 만약 그 길목을 안다면 글을 잡아챌 수 있는 그물을 칠 것이다. 아침에 친 그물을 저녁에 걷어올린다. 어떤 날은 대어가 걸렸다며 호들갑을 떨고 어떤 날은 불가사리만 걸려들었다며 시들시들한 소리와 함께 그물을 탈탈 털 것이다.

오솔길을 숨차게 가고 있는데 거미줄이 길을 가로막고 있었다. 내가 그 오솔길을 자주 다닌다는 것을 거미란 놈이 어디서

정보를 얻은 것 같다. 나를 잡아챌 생각을 했을까. 그러나 거미보다 힘이 센 나는 거미줄을 한쪽으로 걷어붙이고 계속 산을 탔다. 망가진 거미줄을 뒤에 남기고 가는 걸음은 거미의 헛수고를 안타까워했다.

그런데 정작 안타까워할 일은 나에게 있다. 글이 오는 길이라고 생각했던 그 길목으로 글은커녕 바람 한 점 불지 않는다. 글에 허탕을 치면서 또 글을 위한 그물을 친다. 오솔길을 가로질러 그물을 치는 거미는 어쩌면 허탕만 치는 나였는지도 모른다.

그물만이 아니다. 멧돼지를 잡는다며 덫을 놓은 적이 있다. 어둠이 들기 무섭게 산기슭의 고구마 밭이랑을 들쑤시는 멧돼지는 덫을 피해가면서 고구마 이랑을 마구 들쑤셨다. 덫을 피해 다니는 산짐승은 영물이라고 했다. 영물을 함부로 잡을 수는 없다. 산으로 돌아갈 수 있게 그냥 쫓아야 하는 것이 순리라고 믿었다. 그래서인지 글 또한 내 생각의 덫에 전혀 걸려들지 않아 속으로 안달복달하기는 한다.

세상에는 이런저런 핑곗거리가 있어 때로는 은근히 마음이 편하다. 어긋난 길에 핑계를 대고 어긋난 약속에 핑계를 댄다. 핑계 없는 무덤은 없다고 했다. 그러나 핑계는 구차스런 변명이다. 핑계에 지나지 않는 핑계는 듣는 사람의 이마에 주름살을 긋게 한다. 실없이 떠벌린 이런저런 실패담은 구차스런 핑계에 지나지 않았다.

며칠째 염두에 두던 글의 짜임새가 어쩌다 희미하게 걸려드는 낌새가 있다. 전광석화처럼 한순간에 사라지는 꼬투리를 그냥 놓칠 수는 없다. 잽싸게 그물을 치고 걷어 올릴 조심스런 궁리를 한다. 얼음조각이 스르르 손바닥에서 미끄러져 나가듯 한눈팔다가 아차, 월척을 놓쳤다면서 텅 빈 물속을 물끄러미 내려다보는 우는 범하지 않아야겠다. 허술하게 다루다가 놓쳐버린 안타까운 실수는 또 얼마나 많았던가.

번개처럼 왔다가 사라지는 글의 영감[inspiration]을 차지하고자 단단한 다짐을 한다. 다짐이라니 엄청난 일처럼 보이지만 실은 볼펜 한 자루와 백지 한 장이면 그만이다. 그런데 영감은 어느 방향에서 소리 소문도 없이 나타날지도 모른다. 아무 빛깔도 냄새도 없는 영감 아닌가. 만질 수 있거나 볼 수 있는 것이라면

아, 저기 드디어 영감이 나타나는구나 하고 쌍수를 높이 들고 서둘러 맞이하겠지만 그런 형편 또한 아니다.

깊고 넓은 바다를 오가는 고기떼의 길을 알고 그물을 치는 어부는 고기떼가 보내오는 음신을 듣는다고 할까. 봄에는 도다리가 지나가는 길목을 듣고 가을에는 광어가 지나가는 길목을 듣는다. 전어 철에는 전어와 놀고 대구 철에는 대구와 놀 줄을 안다.

글이 오감 직한 길목을 찾아 빈틈없는 벼리나마 우선 당기고 싶다. 그러나 망망대해나 다름없는 허공 어디에 귀를 대고 눈을 대고 그물을 쳐야 옳은지 막막하다. 고기떼가 오가는 길목을 아는 어부처럼은 못해도 사부작거리며 다가오는 글의 발걸음 소리를 느껴야 했다. 그것이 글을 한다는 처신머리 아니겠나. 좀 더 자상하지 못하다는 생각이 들 때는 주눅이 들기는 한다. 하지만 딴 도리는 없다. 터무니없이 부족한 생각의 모서리를 깎고 다듬고자 그물이나 다름없는 방향탐지기 같은 안테나를 여기저기 우선 치기로 한다.

지금 내 앞에는 난분蘭盆 하나가 있다. 방향탐지기에서도 아무런 음신이 없을 때는 난분에 눈을 준다. 잎이 건장한 난분을 쓰다듬으면서 미처 뽑아내지 못하는 글의 줄거리를 이리 쓰다듬을까 저리 쓰다듬을까 망설이는 궁리를 한다.

복수초

해가 막 떨어진 상태인데 어둠은 해가 지기를 기다린 듯 산길을 어둑하게 삼키고 있다.

어둠은 숲이 우묵한 산비탈을 차지하기에 바쁘다.

어둠을 틈타 산짐승들도 산 아래로 내려온다니 산짐승과 어둠은 한 또래로 보아야 했다.

어슬렁거리던 걸음을 서둔다.

누가 뒤따라오는 발걸음 소리 같은 기척이 있다.

내 발자국과 발자국 틈새에 뒤따라오는 발걸음 소리가 들려 조금 섬뜩하다.

뒤돌아보면 뒤따라오는 그가 내 뒤통수를 왈칵 잡아당길 것 같다.

길을 비켜주는 것이 마음 편한 일이다.

그를 먼저 보내야만 안전하다는 속셈으로 뒤돌아보지도 않고 길섶에 엉거주춤하게 섰다.

뒤따라오던 발걸음 소리가 들리지 않는다.

어쩔 수 없이 오던 길을 가만 돌아보는데 뭉텅하게 솟은 바위 하나가 어두컴컴한 길섶에 우뚝 서 있다.

조금 전의 발걸음 소리는 그 바위가 걸어오던 소리였는지, 고개를 쿡 숙이고 걸었던 눈에 바위는 물론 들어오지 않았었다.

한번은 또 그 길을 한낮에 지나갔다.

어스름 무렵에 보았던 바위가 궁금하기도 했다.

조금 가파른 길에서 본 그것은 바위가 아니었다.

무덤을 지키고 선 나지막한 비석 아닌가.

지면에 거의 맞닿은 묵묘처럼 비석도 세월에 깎이어 키를 낮추었는데 어스름 무렵에 보았을 때는 덩치가 제법 큰 바윗덩어리였다.

저물녘에 서둘러 본 탓이겠지만 이런 경우의 환영 또한 사물을 보는 별스런 경험은 될 것이다.

어스름 무렵에 잠깐 바람을 쐬고자 무덤의 주인공이 몇 발자국 따라 걷다가 돌아섰을 것이다.

조금 섬뜩한 생각이지만 이런 어리벙벙한 상상만으로도 생과

사가 한 반상에 있음을 짐작할 수 있다.

산길에서 삶과 죽음의 경계를 깨닫는 것은 무덤을 만났을 때가 더욱 그렇다.

죽음을 마음의 벽에 걸고 마냥 살 수는 없다.

어느 집이든 벽에 거는 액자는 아름다운 풍경이거나 향기 좋은 꽃 그림이다.

생각을 정리하는 셈으로 아늑한 풍경을 찾아 눈을 돌리는데 빠삭빠삭 마른 가시덤불 속에서 노랗게 눈을 뜨는 새순이 있다.

복수초 같다. 복수福壽라며 달콤하게 말을 굴린다.

신선한 봄 향기가 입안에 차오르는 느낌에 찬다. 그 순을 만약 복수復讎라고 불렀다면 앙갚음 같은 피비린내가 풍겼을 것임은 당연하다.

사물을 좋게 보고 생각하려는 것은 복수초만의 경우는 아니다.

작은 돌멩이에 핀 돌이끼가 돌의 생명을 말해주듯 들쑥날쑥한 산길에 나름대로의 의미를 부여하고 싶다.

길에 깔린 낙엽이 문득 반질한 등을 내밀고 있다.

수양버드나무

수양버드나무는 수신교과서처럼 예의범절을 몸에 달고 있다고 할까. 허리를 굽히는 고분고분한 몸가짐이 보는 눈에 그렇게 비친다.

안동 어느 시골길을 버스로 지나갈 때였다. 두루마기 차림에 갓을 쓴 두 노인이 맨땅에 엎드려 마주 보고 큰절을 하고 있었다. 다소 생소했다. 웃어른이나 친근한 사람을 만나면 어디서든 큰절로 인사할 줄 하는 지방에서 수양버드나무를 떠올렸다면 어떨까. 악수나 간단히 하는 경망스런 인사법에서 깨어나라고 그 어른들이 말하는 듯했다.

어머니는 새벽마다 쌀독의 바닥을 긁었다. 바가지로 쌀을 뜰 때마다 쌀독 속으로 윗몸을 반쯤 숙여야 했다. 두레박으로 우물을 길어 올릴 적에도 윗몸은 우물 속으로 기울어져 있었다. 빡빡한 살림을 꾸리느라 쌀독에 고분거리고 우물에 고분대어야 했다. 뿐만 아니다. 장독에서 된장 간장을 뜰 적에도 커다란 독 속으로 윗몸을 숙였다. 윗몸을 숙이는 어머니는 쌀독과 우물과 장독간을 공경하던 수양버드나무였으리라. 가난을 이겨야 하고 가족의 건강을 바라는 간절한 비손은 수양버드나무처럼 고분고분 몸을 숙여야 마음이 놓였을 것이다.

세상이 속도주의로 변한 탓도 있겠지만 요즘은 윗몸을 숙이는 인사를 그다지 볼 수 없다. 기껏 숙인다는 것이 무슨 선거철이 되면 입후보자로 나선 사람이 길거리에서 행인들에게 악수를 청하고 윗몸을 약간 숙이는 시늉이 있을 뿐이다. 그 짓

도 선거가 끝나면 내가 언제 허리를 숙인 적이 있었느냐는 듯 맹랑한 얼굴을 하는 감투쟁이가 내로라 으스대는 형편이다.

하기야 남 탓할 일만은 아니다. 나 또한 아는 사람에게 허리를 굽히기는커녕 간단한 악수 정도로 인사를 대신 하지 않았나. 눈만 끔벅거리고 지나가지 않았나. 보고도 모른 척하더라는 뜻밖의 말을 들은 적도 있다. 실수에 실수를 거듭하면서 실수를 모르고 살아온 지난날이 민망스럽다.

수양버드나무처럼은 못해도 아는 사람을 만나면 허리를 숙이고 인사하는 처신머리를 익혀야겠다. 나무에 새싹이 돋으면 새싹에 머리 숙이고 꽃이 피면 꽃에 머리 숙이는 수양 또한 쌓아야겠다. 남을 공경하고 자연을 사랑하는 것은 나를 사랑하는 일이라며 스스로에게 타일러야겠다.

몸을 굽힐 줄 아는 수양버드나무는 혹 수양修養버드나무 아니던가. 나무를 보면서 나를 깨닫는 날은 나무가 수신교과서다. 나는 그 교과서를 마음에 옮겨 가꾸기로 한다.

봄은 희囍다

봄을 찾아 밖으로 나가는 사람들은 환한 꽃
을 닮았다. 겨우내 깐깐하게 얼어붙었던 땅을 뚫고 치솟는 새싹
처럼 날이 풀리자 밖으로 나가는 사람들의 걸음이 가볍다. 팽팽
하게 공중에 치솟아 있던 헐벗은 나뭇가지도 파르스름한 잎눈과
꽃눈으로 세상을 보고자 분주하다.

사람의 옷치장도 나비 날개처럼 가벼워진다. 며칠 전의 칙칙
한 코트를 벗어놓고 망사 같은 옷으로 몸을 치장한다. 옷이 무거
운 계절이 겨울이라면 봄은 그것을 한 겹 한 겹 벗는 탈피의 계
절이다. 성급하게 벗다가 꽃샘추위에 낭패를 당하는 경우도 있
긴 하지만.

굳이 밖으로 나가지 않아도 봄은 베란다 안에도 베란다 밖에도 있다. 멀리 보이는 산이 차차 파르스름한 기운을 드러내며 가까이 온다. 며칠 전에 본 아파트 입구의 모과나무는 봄이 오는 달력이나 다름없었다. 하루하루가 다르게 파르스름한 연둣빛에 눈이 홀렸다. 얼어붙었던 가지를 비집고 솟아나는 잎눈과 꽃눈에 달력의 날짜를 넘기듯 마음이 끌렸다.

가벼운 발걸음으로 갈 수 있는 강변이 있다. 강바닥은 겨우내 딴딴한 강철처럼 얼어붙었었다. 얼음장 속에서 강물은 숨찬 길을 찾아 잠수하는 듯했다. 강물 흐르는 기척을 들을 수 있게 봄 햇살이 강에 내려앉아 얼음을 풀어주었을 때다. 봄이 오는 소리를 강가에서 들을 수 있는 것은 은근한 강 밑바닥을 보는 것처럼 즐거운 일이다. 얼음 속에 갇혀 있던 피라미 새끼가 비로소 크게 숨을 쉬기 시작한다. 추위에 오그리고 있던 강둑에도 파르스름한 빛이 감돌기 시작한다. 쑥이 보송보송 눈을 뜨는 것 또한 봄 햇살처럼 반갑다.

봄을 깨우느라고 그러는지 사월 달력에는 사일구혁명의 함성이 있다. 굳은 땅을 뚫고 치솟는 개구리가 있다. 가녀린 새싹이 흙을 밀어 올리며 모습을 내미는 새로운 세상도 있다. 깡마른 나뭇가지에 잎눈이 매달리고 꽃눈이 매달리는 봄, 그 아슬아슬한 출발이 반갑다.

목련 망울이 부풀어 올라 막 터질 듯했다. 하루는 산책길에서 그걸 보고 있었다. 그런데 그 눈부신 아름다움을 시샘하느라 목련이 피어 한창일 때면 어김없이 꽃샘바람이 찾아왔다. 뜻밖의 강추위가 연한 꽃잎을 무자비하게 짓밟았다. 그 서슬에 나풀나풀 피어오르던 꽃잎이 시커먼 상처를 입었다. 하지만 봄은 진군하는 대열처럼 주춤거릴 줄 모르고 왔다.

봄은 나른한 춘곤증의 계절이기도 하다. 그것은 봄이란 어감이 사람을 곤하게 하는 것 같다. 봄이라는 말을 입에 담으면 왠지 축 처지는 느낌이 들어 차라리 스프링이라고 강하게 발음하고 싶은 충동을 느낀다. 용수철처럼 튕겨 오르는 스프링 속에서 톡톡 튀는 발랄한 힘을 볼 수 있다. 땅을 박차고 치솟는 새싹, 그리고 나뭇가지에서 터지는 푸른 잎에 톡톡 튀는 스프링의 힘이 매달린다.

봄을 이렇게 본다는 것은 일방적인 오류에 지나지 아니하겠지만 봄은 춘곤증에서 벗어나서 새로운 도약으로 가는 계절임은 반가운 일이다.

말할 나위도 없이 경작의 첫 삽을 꽂는 계절이 봄이다. 한 해의 계절 가운데 가장 첫머리에서 계절의 쟁기를 끄는 멍에를 짊어진 신선한 달이다. 그걸 시샘하는 황사가 있다. 먼 중국대륙을 지나 서해를 거쳐 치닫는 황사는 모처럼 솟아오르려는 봄의 생기를 꺾으려 한다. 포근한 봄 햇살을 받아들이느라 열어둔 장독 뚜껑을 서둘러 닫아야 한다. 봄빛이 들어가야 된장 간장 그리고 고추장에도 꽃처럼 향기로운 맛이 든다. 황사는 간장맛과 된장맛을 시샘하는지도 혹 모른다.

봄이라는 글자를 이마받이로 나란히 쓴다. 그랬더니 희囍라는 한자가 떠오른다. 꽃잎처럼 분분한 기쁨[囍]이 되어 저만치서 눈을 끔벅거리는 봄이 보인다. 이마가 따뜻하다.

등나무 쉼터

어쩌다 골목 끝 자투리공간의 쉼터를 찾는다. 햇빛이 먼저 등나무 그늘을 바닥에 깐다. 그늘이 깔린 낡은 의자에 앉는다. 등나무 줄기는 그물처럼 엉켜 있다. 줄기를 보고 있으니 의자에 내려앉은 그늘도 얼기설기 그물을 치고 있다.

그 그물에 몸을 들여놓는다. 햇볕은 등나무그늘을 바닥에 풀어놓고 사람을 그물 속으로 끌어들이려 한다. 그물 속이라고 하지만 아무도 파닥거리지 않는다. 오히려 어! 시원하다는 말을 한다. 햇볕이 풀어놓은 등나무 그늘은 더위에 지친 사람들에게 여름 한철을 보내는 그늘이 되어주니 고마운 그물이다.

그물을 손바닥으로 문질러 본다. 그렇다고 그물이 손바닥을 옭아매는 일은 없다. 등나무 줄기를 밟고 가는 햇볕의 각도가 바뀌면 그물도 덩달아 형태의 변화를 갖는다며 햇볕의 위치와 등나무 줄기와의 무슨 인연 같은 것을 얄팍한 생각으로 떠올린다.

네모꼴인 그물현상만은 아니다. 세모꼴이며 마름모꼴 등 여러 가지 파격적인 모양새는 등나무의 생각을 말하는 듯하다. 세모 안에는 세모만 한 생각, 마름모꼴 안에는 마름모만 한 생각이 들어 있을 성싶다. 등나무 아래 쉬는 사람이 쏟아내는 어떤 수다는 둥글다. 그러나 세모, 아니 마름모거나 다섯모 여섯모 등 다양하다. 마음 편안하게 쉬는 자리인데 껄끄럽게 모가 선 말소리도 어쩌다 들린다.

사람이 모이는 장소에서는 남의 뒷구멍을 쑤시지 못해 은근히 안달하는 사람도 간혹 있다. 보기 좋은 모양새는 아님에도 입술

은 여전히 가볍게 세모꼴과 날카로운 송곳 형태로 삐쭉거린다. 평소 학식이 높다고 여긴 인사가 무슨 글을 표절하여 구설수에 오른다. 돈을 주고받으며 높은 자리를 차지하려는 장삿속 야바위꾼 같은 정객무리의 세상 이야기는 듣는 귀를 흐리게 한다. 무슨 글을 쓴다는 사람도 그에게 이익이 됨직한 사람을 골라 글을 추켜세우는 등 얄팍한 잔꾀를 부린다.

그늘은 다른 식물의 성장을 억제한다. 사람도 예외는 아니다. 큰사람 아래서는 작은사람이 큰사람을 위한 일을 함으로 공은 언제나 큰사람의 몫이 된다. 회전의자란 것도 큰사람이 차지하고 그를 중심으로 돌아간다.

낡은 탁자 모서리에 눈이 갔을 때다. 누가 그랬는지 하트[♡] 표를 탁자 바닥에 음각으로 찍었다. 그걸 새기면서 누군가를 그리워했을 젊은이의 마음을 읽을 수 있다. 등나무 아래에 앉아 쉬는 동그라미와 네모 입술놀림도 낙서나 다름없는 노릇이겠다. 햇빛이 만드는 등나무 그늘은 햇빛의 입술놀림 같다며 햇빛에 은근히 귀를 대는 시늉도 한다. 부질없는 생각은 접어두고 땀이나 좀 식혀가라고 탁자바닥에 찍힌 이런저런 등나무 그늘이 타이르는 것 같다. 그늘이라는 그물을 깔고 더위에 지친 사람을 잠깐이나마 쉬게 하는 등나무.

두 노인이 장기판을 가운데 두고 아까부터 설렁설렁 부채를 할랑거리며 장기는 두는 둥 마는 둥 하고 있다. 달리 소일거리가 없으니 하는 수 없이 장기판이나 잡고 앉은 셈이다. 등허리의 땀을 식히느라 나는 멀찍이 떨어져 앉아 두 노인의 장기판놀이를 보고 있다.

꼬리를 내린다

지하철 안으로 들어서려고 하는데 스르르 문이 닫힌다. 서둘지 말고 다음 지하철을 타라는 신호다. 닫힌 문을 멀거니 보다가 한발 늦게 닿은 승강장에 민망한 꼴이 되어 우두커니 선다. 지하철 안의 승객들이 용용 약오르지 하는 눈치다.

떠나는 지하철을 보면서 숨을 가라앉힌다. 약 4분 후에 다음 지하철이 도착한다는 안내방송을 듣는다. 젊은 축도 아닌데 무슨 일이 그렇게 급하냐고 하는 나무람처럼 들린다. 숨을 가라앉히느라 지하철이 밟고 간 침목과 쭉쭉 뻗어나간 레일에나 눈을 팔며 4분을 기다리기로 한다.

콘크리트로 된 침목이 두 가닥 레일을 움켜쥐고 있다. 나무로 된 것이라면 유연성과 신축성을 생각할 수 있겠는데 콘크리트 침목은 딱딱하고 냉랭하게 보인다. 찔러도 피 한 방울 나지 않는 계산에 밝은 사람을 닮았다고 일방적인 해석을 한다.

사람도 목재형 성품과 콘크리트형 성품이 있는 것 같다. 목재형은 부드러우면서도 우유부단하고 콘크리트형은 딱딱하면서도 사리판단이 똑 부러지게 정확할 것 같다. 주먹구구 계산이나 일삼는 것 같은 나무침목, 계산기로 탁탁 두들기는 약삭빠른 방식을 즐기는 콘크리트 침목을 생각하는 사이 승객들은 금방 하나 둘 승강장 쪽으로 숨찬 줄을 선다.

콩나물 솟아오르듯 쑥쑥 들어찬 어떤 줄은 목재형 침목 같고 어떤 줄은 콘크리트형 침목 같다. 그러고 보니 승객이 지하철 레일이 된다. 사람은 사람을 타고 그가 가고자 하는 목적지로 가고 또 되돌아온다는 뜬금없는 생각에 물끄러미 주위를 둘러본다.

우연히도 내 망막에 아주 오래전에 본 육이오 전쟁 기념사진전이 떠올랐다. 봇짐을 이거나 짊어진 난민들이 지하철 승객처럼 긴 행렬을 이어 어디론가 꿈틀거리고 있었다. 그것은 침묵으로 빚은 지망없는 서글픈 행렬이었다. 침묵을 지우느라고 그러는지 지하철이 막 도착한다. 조금 전에 떠오르던 잡다한 생각은 지하철이 닿는 소리에 후루룩 빨려든다. 처음의 행동은 그 다음의 행동에 지워지고 지하철이나 빨리 타야 한다는 생각만으로 머릿속이 빠듯하다.

이런 경험은 한두 번이 아니다. 그럴 때마다 뒤죽박죽이 된 생각의 가닥을 푸느라 지나간 결을 따라 차근차근 되짚어 보는데 머릿속에는 코앞에 닥친 것만이 가장 우선적으로 떠오른다. 가령 지하철 객실 안이라면 빈자리를 찾느라 고개를 요리조리 돌리는 좀 어정쩡한 행동 같은 것이 눈에 잡힌다.

생각에도 새치기라는 것이 있기는 하다. 그걸 미처 깨닫지 못했다. 지하철 타는 일에 급급했던 처지는 가야 할 방향에만 지나치게 매달려 남의 어깨를 비집고 설쳤다. 무슨 바쁜 일도 아닌데 덩달아 바쁜 척하는 남세스런 일을 저지르고 있다. 나잇살이나 든 처지를 까먹고 가볍게 노는 모양새는 아무래도 모자란 짓이다. 변명이 전혀 없지는 않다. 남들이 서둘러 가는 바람을 따라 거기 휩쓸리는 것이라고 아무도 묻지 않는 말을 혼자 얼버무리기도 한다.

젊은 층이라면 활달하다는 점, 할 일이 많다는 점 등이 서두는 행동에 어떤 거리낌이나 거슬림도 받지 않는다. 오히려 젊은 패기를 좋게 보아 준다. 그런데 걸림돌이나 다름없는 신세가 된 이후로는 어디 가도 마땅히 앉을 데 설 데를 찾아내기 힘든다. 앉으면 앉아서 탈, 서면 서 있어서 탈이다.

삼 서듯 승객으로 들어찬 지하철 안은 육이오 사진작품 속의 군중 모습이다. 군중 속에는 군중이라는 난리가 있다. 어제 불던 바람은 봄바람이었는지 가을바람이었는지, 서둘 때는 조금 전의 일이 아무것도 생각나지 않는다. 그런 때는 어디로 무슨 볼일로 가고 있는지조차 까맣게 까먹고 멍하니 다음 정류역의 자막이 뜨는 안내판에나 눈을 파는 경우도 있다.

남의 발등을 혹 밟지나 않을까 염려된다. 그런 걸 알 까닭이 없는 지하철은 달달거리는 소리를 하면서 달달하게 달리고 있다. 어쨌거나 고마운 세상이라며 이런저런 모든 일에 그저 고마워하기로 한다.

각막결석

각막결석이라고 했다. 돌이라니! 말을 잘 못 들은 것 같았지만 재차 물어볼 엄두는 나지 않았다. 결석에 속눈썹이 걸려 따끔거리게 된다며 눈동자를 위로, 아래로 뜨라면서 의사는 거듭 눈꺼풀을 뒤졌다.

요로결석이니 신장결석이라는 말은 귀에 익었지만 각막결석이라는 말은 다소 생소했다. 의사의 지시대로 눈동자를 위로 치뜨고 아래로 내리까는데 각막에 들어앉은 돌이란 놈도 위아래로 그네타기를 하듯 호사하고 있을 것이란 얄궂은 심통이 드는 건 어쩔 수 없다. 몸을 괴롭히는 결석이란 놈에게조차 그네타기 같은 호사를 누리게 하다니 멍청한 짓이다. 나를 해치는 자에게도 인자한 모습을 보여야 한다는 말은 일찍이 들어왔지만 각막에 걸린 결석까지 사랑하며 산다는 것은 아무래도 멍청한 코미디다.

사는 동안 때로는 눈을 크게 뜨다가 가만히 감는 일이 어디 한두 번이던가. 그런 눈으로 세상구경을 했다. 그 세상이 눈에 들어와 어떤 것은 눈물과 잘 이개져 시멘트 덩어리처럼 굳어 버렸을 것이다. 눈가를 스치며 지나간 바람과 이런저런 티끌이며 눈물 같은 것이 누룽지딱지처럼 각막에 눌어붙어 결석이란 이름표를 달고 각막에 안주할 생각을 했을 것이다.

직장에 다닐 때였다. 전자기기를 다루는 서툰 일에 때로는 신물이 났지만 그 일이 가족의 생계를 이어주는 길임을 알고 상사의 눈에 부지런을 떠는 척했다. 사람과 사람 사이에도 그 위치에 꼭 있어야 할 사람, 있으나마나한 사람, 있어서는 아니 되는 사람 등으로 가름한다면 나는 있으나마나한 사람이었지 싶다. 그나마 결석 같은 존재가 아니었다는 생각을 하면서 조금이나마 스스로를 달랜다.

면봉 같은 것으로 결석이란 이물질을 찍어내어 보여주는데 내 눈에는 결석이 어떻게 생겼는지 전혀 감이 잡히지 않는다. 결석이라면 모래알 같은 것이든 좁쌀 같은 것이든 돌을 닮은 덩어리 아니겠나. 고정관념에 잡힌 멍청한 나는 결석이란 말을 부정하고자 생각에도 없는 생떼를 쓰고 싶었다. 그런데 따끔거리던 눈에 어느새 통증이 사라지고 없다. 망막에서 안주하던 돌이 의사의 갈퀴에 멱살을 잡혀 끌려 나온 셈이다.

오래된 물통 바닥에는 물이끼가 자란다. 눈을 좀 깨끗이 돌보지 아니하고 물이끼가 자라는 물통처럼 손쉽게 여기며 아무렇게나 살아온 죗값을 치르는 셈이다. 흔한 말로 눈은 마음의 창이라고 했겠다. 각막결석은 마음을 깨끗이 씻어주는 일에 게을렀던 증거 아니겠나. 마음 닦는 공부는 제쳐두고 세상의 잿밥에 눈이 어두웠던 못난 탓임을 알겠다. 뉘우침은 언제나 늦게 온다.

창밖을 내다보니 괜히 날이 화창하다. 눈을 깨끗이 지키라는 하늘의 소리 아니겠나. 하늘을 더 크게 보고 들을 셈으로 창가에 다가선다.

우물쭈물하다가

집을 나섰으나 마땅히 갈 방향이 떠오르지 않는다. 짊어진 등산가방이 어서 산행방향을 잡으라고 다그치는 것 같다. 산길 몇 군데를 머리에 그려본다.

집 주위만 맴도는 등산은 좀 싱겁다. 보는 것, 듣는 것이 어제나 그제나 조금도 다름없는 한 통수다. 대추만 한 열매를 매달고 있는 모과나무는 오늘도 그 자리에 서 있다. 지루하겠다고 나는 속으로 말한다. 자리 이동을 하지 못하는 나무이지만 계절감각은 예민하다. 봄기운이 살짝 비치는 어느 날 파르스름한 꽃눈과 잎눈을 가지에 매달고 있었다. 모과나무를 보면서 계절의 시계라는 생각을 했었다.

나무 등걸을 살짝 쓰다듬었다. 함부로 몸에 손대지 말라고 나무가 불평했겠지만 그 불만조차 눈치채지 못했다. 계절감각에 다소 어두운 둔한 신경은 오나가나 멍청한 꼴이다. 등산 가는 길에서도 방향을 잡지 못하고 있으니 계절 따라 꽃을 보여주고 열매를 매다는 모과나무만도 못한 처지다.

무작정 탄 지하전철은 서면/해운대 방향이다. 그쪽 방향은 거의 습관적이다. 살고 있는 화명동 지역에서 어디 나갈 경우는 서면 쪽이 태반이다. 언젠가는 자갈치 방향으로 가야 할 일이 있었다. 그러자면 서면에서 남포동, 자갈치 방면 표지를 똑똑히 읽어야 한다. 그런데 길을 잘못 들었다. 동래/노포동 향 노선에 서서 멍청하게 신문에만 눈을 팔고 있었다. 아차, 머리가 둔하면 발이 고생한다더니 영락없는 그 꼴

이다.

전철을 타고 가면서 알맞은 산책길을 생각해 보는 것도 헛된 노릇은 아니다. 그 생각은 서면역에 닿기 전에 결정이 나야 한다. 지상에서 우물쭈물하다가 혹 마음이 바뀌어 집으로 되돌아가는 싱거운 일도 있었다. 멀고 가까운 풍경을 뚫고 달리는 버스가 아닌 두더지처럼 지하로 안겨드는 지하전철은 은둔감이 있어 때로는 생각을 굴리기에 안성맞춤이다.

사람이 있는 곳은 때로는 사람이 풍경이다. 지하전철은 풍경을 받아들이고 풍경을 왕창 쏟아내기도 한다. 그 반복이 역마다 계속되는 전철은 심심할 겨를이 없다. 그것은 어떤 점 지하전철만이 갖는 일종의 순환기능이라고 말하고 싶다. 들이쉬고 내쉬고, 이런 운동법은 각종 부품을 종합 처리하는 순환기循環器의 역할에 도움이 될 것이라는 실없는 생각이 머릿속을 지배한다.

저만치 떨어진 자리에서 갑자기 커다란 말소리가 터진다. 휴대폰으로 통화를 하는 음성이 지나치게 높아 그쪽으로 자연 시선이 끌린다. 한 중노가 누군가와 통화를 하는데 휴대폰을 혼자만 가지고 다니며 위세를 떠는 듯 하는 모양새가 좀 거슬린다. 생활에 여러 가지 편리를 주는 휴대폰이다. 하지만 대중이 함께하는 지하철 안에서는 통화 목소리의 높이를 생각하는 것이 디지털시대의 예의며 품위라고 할 수 있겠다.

그렇다고 품위를 말하고 어쩌고 할 처지는 물론 아니다. 어느 장대비 퍼붓는 날이었다. 내 곁을 쏜살같이 스쳐 지나가던 승용차가 튀긴 흙탕물세례를 눈 깜짝할 사이에 받은 적이 있다. 아래 윗도리를 고스란히 흙탕물에 찍힌 내 입 동작은 그때만은 어찌 그리도 속사포였는지. 제법 무게가 있어 보이는 승용차의 뒤꽁무니를 찍는 말 한마디가 총알처럼 퓽 터져 나왔다.

　―저 새끼!

　서면역에 도착한다는 안내방송이 들리는데 가야 할 방향을 아직 잡지 못하고 있다.

산수론 傘壽論

일층에 머문 엘리베이터는 버턴을 누른 뒤 5분이나 지나도 올라오는 기색이 없다. 짐을 싣느라 누가 꽉 붙잡고 있는 것 같다. 도로 집안으로 들어선다.

바깥바람이나 쐬려던 계획이 어긋난다. 계획이라니, 거창한 말투가 되고 만다. 계획을 세우고 어쩌고 하는 생활에서 벗어난 지도 퍽 오래되었다. 그런 점 운신이 편하다고 할까. 나를 얽어매는 적당한 고삐가 있어야 하는데 고삐 풀린 자유는 차라리 더 모진 구속이다.

마음대로 나갈 수 없다는 고삐를 엘리베이터가 보내고 있었는데 그걸 눈치채지 못하고 우두커니 기다리고 있었다. 듣고 생각하는 여유를 갖지 못한 삶은 나를 무감각/무신경상태로 처박는 지도 모른다. 그 상태로 시간을 보내고 있으니 멍청하다는 말이 내 속에서 절로 울컥 터진다.

집안에 도로 들어섰으나 달리 생각나는 것이 없다. 생각나지 않는 그 자유가 무한자유 속에 허우적거리는 따분한 생각의 구속이다. 따분함을 그냥 즐기기로 한다. 소파에 도로 기댄다. 베란다에 서서 앞산이나 보면서 오냐오냐 고개를 끄떡이기로 한다. 이런저런 방향으로 잔머리를 굴려보아야 생각이라는 구조에 칸막이로 꽉 막아버린 듯 무엇이든 툭 터져 나올 기미는 전혀 없다. 무한자유는 오히려 생각을 가로 막는 두꺼운 칸막이다. 지금 나는 고여 있는 웅덩이다. 내 안의 생각이 썩은 물이 되고 있다는 느낌은 나를 더욱 곤혹스럽게 한다.

나이 들면 욕심을 버리고 고집을 버리고 시기심을 버리고 등 '버리고 시리즈'를 염두에 두고 실천하라는 충고를 자주 듣는다. 인터넷을 뒤져보아도 그렇다. 가진 것을 베풀 줄 알아야 된다는 충고도 수없이 듣는다. 적당히 운동하고 자주 웃으라고 하는데 둘러보면 올라오지 않는 엘리베이터에 짜증만 날 뿐, 못난 성미에 웃을 일은 가뭄에 콩 나듯 한다.

베풀 것을 그다지 갖지 못한 처지에 소유하고 있는 책을 필요로 하는 이에게 넘겨준 적은 있다. 그러나 홍수처럼 책이 넘쳐나는 세상에 책은 오히려 부담스러운 짐이다. 운동이래야 겨우 산책길이나 걷다가 돌아오곤 한다. 싱거운 자유다. 나이 든 삶을 위한 이런저런 생활지침에 '싱거움'이란 수식어를 매단 항목은 눈을 닦고 보아도 없는 것 같은데 나는 싱거운 자유로 꼬박꼬박 끼니나 축내는 만성자유주의자가 되었다.

달리 베풀 것이 없는 처지에 시간이나마 베풀었으면 한다. 현금처럼 시간을 저축하거나 주고받을 수도 없으니 아까운 일이지만 그냥 헤프게 축낼 수밖에. 그렇다고 할 일이 아주 없는 것은 아니다.

읽다가 접어둔 책을 손에 쥔다. 그런데 몇 줄 읽지도 않았는데 스르르 눈이 감긴다. 시도 때도 없이 찾아드는 졸음이라는 자유에 슬그머니 빠져든다. 졸음 속에 헷갈리는 문장의 흐름을 희미한 눈으로 더듬어 본다. 흐린 자막처럼 흔들리는 문장의 줄기가 거미줄처럼 얼기설기 책갈피에 깔린다.

졸음 속에는 몸을 감아 붙이는 무중력상태 같은 자유가 있다. 더 깊은 무중력상태 속으로 고개를 처박는 나는 비몽사몽간을 헤매는 몽유병자가 된다. 고개를 꾸벅거리며 들었던 책을 나도 몰래 바닥으로 떨어트린다.

어설픈 생각임은 틀림없지만 떨어트림 또한 자유의 한 가지 길이 아니겠느냐며 이치에 닿지도 않는 잣대를 댄다. 이런저런 분에 넘치는 자유에 짓눌린 내 키는 지금 1미터 63이다.

잠아, 잠아

눈꺼풀에서 책장으로 옮겨간 졸음은 글자를 야금야금 파먹어버린다. 문장 앞뒤가 어긋난다. 손바닥의 책이 슬그머니 거실바닥에 떨어지는 소리가 몽롱한 귀에 닿는다.

책이 떨어지는 소리에 깜박 눈을 떴을 때는 이상하게도 맑은 물처럼 정신이 환했다. 마약이나 다름없는 졸음이라며 바닥에 떨어트린 책을 손바닥에 다시 얹는다. 불과 3,4분에 지나지 않는 졸음이었는데 긴 잠을 잔 것처럼 머리가 맑아지는 것은 뜻밖이다. 졸음이 보약이라는 말을 속으로 한다.

이리저리 몸을 뒤척이는 잠자리 속에는 불순물 같은 것이 잠을 가로챘다. 그 반면 졸음 속에는 아무 잡념도 끼어들지 않는

다. 졸음은 짧은 한순간의 달콤한 토막잠이기 때문에 불순물이
끼어들 틈이 없었지 싶다.

알맞게 고단한 몸으로 잠자리에 들면 금시 잠 속으로 빠져든
다. 적당한 고단함은 권장할 만한 수면요법이기도 하다. 잠을
잘 이루지 못하고 힘들어 할 적에는 졸음을 이기지 못하고 안두
에서 꾸벅거리던 순간을 생각한다. 졸음만 따로 포장을 하여 잠
이 오지 않아 뒤척이는 잠자리에 슬쩍 밀어 넣으면 그럴싸한 수
면제가 되리라.

밥상머리에서 졸음을 이기지 못하고 꾸벅거리던 어린 아기가
떠오른다. 밥숟가락을 미처 내려놓기도 전에 그 자리에 쓰러져
잠에 곯아 떨어졌다. 잠을 보채거나 투정하지도 않았다. 쉽게
잠들 수 있는 것은 어린 아기의 순수함 때문이라고 여겼다. 잠을

이루지 못하는 나는 마음이 온갖 군더더기로 얽혀 순수하지 못한 탓임을 아기를 보면서 깨닫는다.

이런저런 삶의 길목에서 꼬불꼬불 뒤뚱거리는 잡념은 또 얼마나 많았던가. 그것이 마음에 티눈이 되어 엉킨 것이 잠을 설치게 한 원인이겠다. 티눈을 걷어내면 쉽게 잠들 수 있을 것인데 욕심꾸러기처럼 그 티눈마저 걷어내기 아까워 움켜잡지 않았나 싶다.

잠만이 아니다. 세상을 슬기롭게 살아가자면 마음에 순수를 길러야 했다. 순수는 말하나마나 때 묻지 않은 어린이와 같은 마음의 편안함과 그 빛깔이다. 잠이 오지 않을 때는 순하고 소박한 빛깔의 보褓에 잠아, 잠아 하는 주문이라도 걸어 잠을 곱게 토닥거려야 했다. 주문을 듣고 잠은 슬그머니 이불 속으로 파고

들 것이다.

오던 졸음이 이번에는 책갈피를 덮고 있어도 올 기색이 없다. 다시 책갈피를 편다. 잠의 사탄에 놀아나고 있었을 줏대머리 없는 나를 책이 뭐라고 꾸짖는 것 같다. 조금 전에 읽어나가던 글줄이 물그림자처럼 흔들린다.

안개를 보는 눈

눈만 뜨면 보이던 앞산이 사라지고 없다. 일조권 시비로 한때 시끄럽던 저 건너편의 고층건물도 요술처럼 흔적을 감추었다. 하룻밤 사이에 하얗게 빈 세상이 되다니 하고 어리둥절해 있는데 빗방울이 툭툭 무슨 알림판처럼 유리창을 때린다.

하룻밤 사이에 산과 고층건물을 몽땅 먹어치운 것이 있다. 안개가 범인이다. 보고도 모른 척 시침을 떼는 생각의 뒤편에는 전혀 엉뚱한 능청스러움이 깔려 있었던 셈이다. 내 의식 속에는 저 건너편의 고층건물만이라도 어디로 옮겨 갔으면 하는 어처구니없는 고집통이 옹이처럼 박혀 있어 안개를 보고도 안개 아닌 것 같다는 트집으로 세계를 얼버무리려 했다. 건너편의 콧대 높은 고층건물은 일조권만이 아니라 앞산의 허리를 통째 뱃속에 집어넣은 탐욕주의자나 다름없는 흉물이라며 아무 힘도 없는 손가락질이나 했다.

전남 화순군의 운주사는 하룻밤 사이에 천불 천탑을 세운 전설이 있다. 그런데 하룻밤 사이에 마을과 산을 안개가 다 먹어치우다니 안개는 놀라운 신비주의자다. 아무리 강한 쇳덩어리도 불에 녹고 불은 물에 기진맥진하고 만다. 물이 안개로 변한 요술방망이 아닌가. 고층건물이 요술에 맥을 추지 못했다. 하기야 고층건물 쪽에서 이쪽을 보면 잔소리꾼 같은 올망졸망한 작은 집들이 안개 속에 묻혀 꼼짝달싹하지 못한다고 하겠다.

역지사지易地思之라고 했다. 상대를 이해하면 서로 으르렁거리며 싸울 일도 없지 싶다. 며칠 전에 본 길거리의 멱살잡이 싸움은 역지사지를 몰라서였을까. 나라의 법을 만들고 입만 벌리면 국민을 위한답시고 떠벌리는 국회의사당의 높은 양반들이 역지사지를 왜 모르겠는가. 내가 옳네, 네가 옳네 트집싸움이나 하면서 국민을 위한 길이라며 서로 과시하듯 얼굴 내미는 걸 보면 그 표정이 참으로 능청꾸러기나 다름없는 딱한 굿판이다.

십시일반의 손은 누구나 이름 밝히기를 원하지 않는다. 그 이름 밝히지 않는 손이 사회의 밝은 등불이 된다. 그러나 속 다르고 겉 다른 얼굴내밀기로 일하는 척하는 꼴은 민망스럽다. 임금이 있는지 없는지 모르는 상태가 백성들이 가장 살기 좋은 시절이라고 어느 고서古書에서 읽은 기억이 있다.

안개라는 허울을 벗기고 '동작 그만'이라며 호각을 불 때 어떤 동작들이 나타날까. 그 한순간의 동작이 그가 사는 길이지 싶다. 나는 내 속의 동작 그만을 본다. 앞이 보이지 않는 캄캄한 오리무중이 나를 둘러싼다. 내 속의 안개를 먼저 걷어내어야 하는데 그걸 움켜쥐고 놓지 않으려 빠닥빠닥 악을 쓰는 꼴이 아무리 좋게 생각해도 민망한 노릇이다.

건너편의 고층건물이 어디로 이동해 갔으면 하는 생각도 터무니없는 헛된 아집이다. 고층건물과 화합하지 못하고 그를 따돌리려던 저의는 누가 보아도 못난 억지다. 너그러움을 익혀야겠다. 안개가 사라지고 그 건물 발치에 자라는 나무가 있으면 그 나무에게로 가서 잘 자라주기를 마음으로 다독거려야겠다. 한때나마 옹졸했던 마음을 용서받아야겠다.

세상을 보는 눈이 조금은 따뜻해진다는 생각으로 스스로 흐뭇

한 느낌에 찬다. 마음이 느긋하고 따뜻해야 정신건강에 도움이
된다는 상식적인 말이 새삼스럽게 들린다. 그래서인지 안개를
보는 눈에 아늑한 말놀이 같은 것이 떠오른다. 안개는 깊다→깊
은 것은 마음→마음은 하늘. 이렇게 말잇기놀이를 속으로 한다.
그랬더니 세상을 덮은 답답한 안개가 어느새 포근한 솜이불처럼
따뜻하고 포근해 보인다.

살면서 좁싸라기 같은 생각이나 입에 대지 않았나. 좁쌀을 가
셔내고자 하늘은 푸르다→푸른 것은 바다라며 언젠가 해운대 바
닷가를 거닐며 베어 먹던 뭉글뭉글한 솜사탕 맛을 떠올린다.

안다리를 걸까 바깥다리를 걸까

창을 활짝 열어 서늘한 바깥바람을 불러들이는데 후끈거리는 바람이 먼저 들어와 얌체머리처럼 떡하니 자리를 차지한다. 나는 웃통의 단추도 물론 채우지 않는다. 들어오는 순서대로라며 먼저 들어온 후끈거리는 바람이 웃통 속을 차지한다.

뜨거운 땡볕이 나무를 달구어 열매를 맺게 하는 힘이 여름 속에 있다. 들판의 곡식이 땡볕을 받아먹고 과일나무도 가지에 매달린 열매를 땡볕으로 달구어 단물이 든다. 대장간의 쇳덩이는 불을 먹은 다음 호미가 되고 낫이 된다. 사람 또한 땡볕을 받아먹는 과일나무라는 억지나 다름없는 셈을 한다. 웃통 속으로 들

어앉은 후끈거리는 바람이 거 보란 듯 고개를 치켜드는 낌새가
있다.

틈틈한 몸과 정신을 만드는 계절은 뭐니 해도 여름 한철이다.
그런 점 여름은 젊음의 계절이다. 단단한 쇳덩이가 편리한 도구
로 태어나고자 불가마 속에서 벌겋게 몸을 달구는 열정을 갖는
다. 정신의 과일인 예술품 또한 젊음의 열정으로 달구어야 비로
소 단단하고 알이 찬 결과물을 맛볼 수 있다. 그런 점 여름은
생성, 창조의 길이 되는 계절 아니겠느냐고 그다지 실속도 없는
너스레를 떤다.

쨍쨍한 땡볕이 화살처럼 사람의 몸을 마구 쏘아댄다. 땡볕 아
래 매달린 과일에도 영락없이 불볕을 퍼붓는다. 그 열기로 과일
은 몸이 자라고 숙성되는 과정을 거친다. 대장간의 풀무질 또한

여름을 모른다. 무더위는 새롭게 태어나는 지혜의 샘이 아니겠는가고 땡볕 속으로 두레박을 들이대는 은근한 시늉을 마음속으로 한다.

이렇게 여름을 보다가 가을을 맞이하면 가을 과일 속에는 여름의 땡볕이 펑 폭발할 듯한 위험물이 되어 꽉 들어찬다. 여름의 결실을 폭발물로 보는 것은 그 속에 일을 저지를 것 같은 땡볕의 담금질이 차곡차곡 들어차 발효되기 때문이다. 초복에서 중복, 말복으로 튀는 땡볕불꽃 속에는 막바지 담금질을 톡톡 튀기는 열기로 화끈하다. 그 서슬에 사람은 그가 갖는 정신의 줄기에 이러저러한 생각의 옹이가 무르익어간다. 나무에 매달려 달콤한 맛을 챙기느라 과일은 땡볕을 서로 끌어당기는 팔을 뻗는다.

열기 속에서 중재자 같은 가을이 온다.

가을 속에는 여름에 챙긴 땡볕을 즐거이 음미한다는 의미가 있다. 독서며 글쓰기가 그렇다. 글은 글을 쓴 자의 이런저런 탐스럽고 알찬 결과물인 과일이다. 농밀하게 잘 익은 작품은 입안에서 터져 사람의 정신을 더욱 맑고 황홀하게 가꾸고 성숙시키는 힘을 갖는다. 무더위를 껴입고 땀에 찌든 몸으로 쓴 글을 서늘한 가을에 읽으니 마음의 온탕, 냉탕욕 같은 효과를 갖는 셈이라고 말할 수도 있다.

무더운 여름을 제대로 음미하기 위해서는 문을 크게 열어야 했다. 연다는 것은 여름의 땡볕을 받아들여 정신의 열매를 더욱 알차게 하는 길이다. 무더위를 즐기며 여름을 맞이하는 과일나무는 "곳 됴코 여름 하ᄂ니"라는 〈용비어천가〉의 구절을 터득한 셈이라고 짐짓 말한다. 〈용비어천가〉를 서툴게나마 음미하는 요량으로 더위와 친하고자 웃통을 풀고 펄펄 끓는 대낮의 아파트 주차장을 내려다본다. 벌겋게 익어가는 차량은 주인을 기다리며 땡볕 아래 가부좌를 친 자세로 꼼작도 하지 않는다. 그 기다릴 줄 아는 매서운 정신을 갖는 차량은 차라리 꼿꼿하게 버티고 선 한그루 과일나무였다. 주인이 문을 열면 주렁주렁 매달린 맛깔스런 과일로 대접할 것이다.

더위는 더위만이 아니다. 그것은 완숙의 계절인 가을에 이르는 놓칠 수 없는 든든한 징검다리이다. 그 찌는 다리를 건너지 못하면 추수동장秋收冬藏은 보나마나 물 건너간다. 낡은 빈 곳간을 멍하니 보는 허전한 일은 없어야겠다. 우물쭈물하다가 요렇게 되었다고 하는 영국의 극작가 버나드 쇼(George Bernard Shaw/1856~1950)의 묘비명* 이야기는 어정대기만 하는 나에게 매운 회초리가 된다. 하품만 하던 나는 찜통무더위와 한판 씨름판을 벌리고자 컴퓨터 앞에 죽치고 앉아 상대의 샅바를 걸어 쥐듯 자판기에 손을 얹는다.

　머릿속에서 내내 맴돌기만 하는 엉거주춤한 생각의 꼬리에 안다리를 걸까, 바깥다리를 걸까, 어제 무덥고 오늘 또한 무더운 땡볕을 굴린다. 생각이 조금씩 익어가는 느낌에 찬 나는 내 안에서 눈뜨는 능금 같은, 대추 같은 열매를 찾아 화끈한 맛을 들이느라 푹푹 찌는 풀무질을 한다.

* I knew if I stayed around long enough, something like this would happen.

어디서 무엇이 되어 다시 만나랴

아담한 절구통 크기의 돌덩어리가 식물원 입구에서 사람들의 눈길을 끌고 있다. 그냥 돌덩어리라면 대충 보고 지나갈 것인데 곁들인 설명이 발길을 잡는다. 아주 오랜 옛적에 커다란 나무이던 것이 딴딴한 돌로 변한 것이라고 한다.

순간 트랜스젠더라는 말이 입술에 떨어졌다. 성전환 시술을 받았다는 사람의 표정이 돌에 스며드는 느낌이 드는 것도 어쩔 수 없었다. 몸을 바꾸게 된 사정과 그 아픔이 돌을 보는 눈에 선하게 떠올랐다. 그것은 단순한 아픔만이 아닌 새로운 탄생을 위한 환희에 찬 아픔이기도 했다. 몸을 바꾸기까지 환생이라는 간절한 기원과 의미를 돌에 새겼을 나무의 유해는 처절하지만 의미 있어 보였다.

　바람에 산들산들 잎을 나부끼던 나무는 여성이나 다름없었다. 그것이 남성을 상징하는 돌이 되기까지는 엄청나게 아픈 가시밭길 같은 과정을 겪어야만 했다. 지각변동에 의하여 쿵, 쓰러진 아름드리나무는 순식간에 땅속에 묻힌다, 그리고 구증구포九蒸九曝나 다름없는 땅속의 열과 냉冷에 의한 담금질에 우듬지며 가지는 뭉텅뭉텅 잘리고 껍질마저 말끔하게 깎인다. 부끄러워할 마음의 여유도 없는 눈 깜박하는 사이 알몸이 된다. 덩달아 꿈틀거리는 땅속의 힘이 나무를 토막토막 찢어발긴다.

　돌을 보는 눈에 먼 천둥소리가 지나갔다. 바위를 물어뜯는 해일, 이마에 부딪치는 파도소리가 몸을 뒤틀며 지나갔다. 어쩌면 나무였던 내가 쓰러져 돌이 되는 꿈이 지나갔다.

　하얀 쌀이 밥이 되려면 물과 함께 가마솥 안에서 뜨거운 열을 껴안아야 했다. 흑마늘이라는 것 또한 열다섯 밤 열여섯 낮을 뜨겁고 지루한 찜통 속에서 몸을 달군 다음 비로소 형질形質이 딴판이 되는 까만 마늘로 태어나지 않던가. 석탄이라고 다를 것은 없다. 그것 또한 따지고 보면 나무의 희생이 석탄으로 몸을 바꾼 것이다. 사람은 그 몸바꿈을 응용하여 새로운 쓰임새로 다룬다. 어떤 나무는 돌이 되고 어떤 나무는 석탄이 되는 과정에서 용광로처럼 뜨겁고 빙하처럼 차가운 땅속에서의 칠전팔기七顚八起에 몸을 맡겨 때를 기다렸을 것이다.

이렇게 보다가 돌로 변한 나무의 옛날을 짚어나가면 나무가 서 있던 지역의 바람소리가 아득하게 귀에 닿는다. 나무가 내지르던 최후의 포효(咆哮)를 꿈속에서처럼 듣는다. 그 소리는 차라리 커다란 적막덩어리였을 것이다. 나무 그늘 아래에서 부족모임을 하던 고대인들의 회의록이 돌에 주름이 되어 새겨졌으리라는 짐작도 하게 된다. 그 기록을 더듬기라도 하는 마음으로 차근차근 돌의 주름을 뜯어본다. 그때 어렴풋이 짐작할 수 있었던 것은 돌의 침묵 속에 잠긴 나무의 질곡을 읽는 언어 이전의 언어였지 싶다.

임금님 수레가 지나갈 수 있게 가지를 슬쩍 들어주었다는 소나무 이야기는 신선하다. 어느 곳에서는 두 그루의 나무가 서로 몸을 비비며 다정하게 서 있었다. 부부의 인연이나 다름없는 나무를 보고 있으니 사랑이란 의미를 새삼 깨닫게 되었다. 사람은 나무에게서 가르침을 받는다. 하찮은 나무라고 그냥 베어버릴 수 없는 가르침을 나무가 조근조근 타이른다. 그런 나무일수록 선산을 지켜 산세는 더욱 푸른 기상을 띤다.

나무가 돌로 환생한 것 또한 거듭남이다. 처음부터 나무는 돌을 위한 허울이었는지도 모른다. 매미가 허울을 벗듯 돌이 나무라는 이름의 허울을 벗은 것이라며 어디 사라지고 없는 돌의 허울을 찾아 사방을 두리번거렸다. 미역국은 끓였었는지, 문에 금깃줄은 걸었었는지, 개짐을 빠느라고 허리를 조금 숙이고 있었을 엉거주춤한 돌의 뒷모습이 눈에 선하게 떠오르기도 했다.

　세상을 가렸던 무거운 먹구름이 하늘 끝으로 자리를 옮기는 해 질 녘, 웅숭깊고 잔잔한 피리 소리가 갓 태어난 돌의 귓전을 가늘게 울리며 지나갔을 것이다. 돌에 귀를 대지 않아도 환생을 기리는 피리 소리의 흔적이 바람 속에 은은하게 배어 있음을 알겠다. 순간 내생에 혹 있을지도 모르는 내 환생을 더듬더듬 생각하는 마음은 다소 숙연했다.

　김환기 화백의 그림, 〈어디서 무엇이 되어 다시 만나랴〉를 떠올린 것도 돌 앞에서였다.

둘째마디

서운암 꽃길

꽃의 말을 듣는 산그늘을 만났다. 내 목소리
가 된 꽃의 말이 산그늘에 환했다. 꽃의 말에 끌린 듯 산그늘
아래 서 있었다.

달이 오고 있었다.

쌍고동 울어울어

01

자욱하게 깔린 안개비 속에 봄날이 잠겨 있다. 햇볕이 두고 간 마룻바닥에는 햇볕의 옅은 그림자가 깔려있다. 부스스 몸을 부스럭거리는 안개는 미처 챙기지 못한 여린 나뭇가지를 이리저리 살피고 있다.

02

구절양장 같은, 눈에 닿는 길과 닿지 않는 길이 어쩌다 허리를 편다. 펴다가 구부린다. 길도 나이 들면 허리가 휘어진다. 엉거주춤 고개를 치켜드는 길을 차지한 안개, 가수 현미의 목청처럼 자욱한 〈밤안개〉를 생각하는 날이 있다.

03

바다의 안개는 산과 들판을 적신다. 한낮에도 적신다. 젖어
후줄근한 한낮, 안개를 몰아온 품앗이 일꾼이 안개를 심는다.
여기저기 안개를 당기는 들판, 안개 속에 안개가 된 한낮이 모내
기를 하고 있다.

04

봄은 부드러움과 강한 것을 두루 갖는 모성이다. 나뭇가지는
조금 더 기다릴 줄 아는 모성이다. 입춘대길立春大吉을 대문에 건
다. 침묵일변도인 돌담 틈에서 배 불룩한 담장넝쿨이 방금 잎눈
의 태반을 쏟아놓을 기미를 챈다.

05

안개 속에 안개가 산다. 안개와 안개는 한 몸이다. 날아가는
몸과 사라지는 몸 사이 안개가 산다. 산을 지우는 안개도 있다.
안개 속 깊은 데서 꼬물거리는 산의 물안개를 헤아려 본다. 산
을 다 지워버린 안개 속에서 산 하나가 뱃고동 울리며 떠오르고
있다.

06

멀리 보고 살아야 한다는 말을 본다. 무엇이 오고 무엇이 가는지 뱃고동소리 긴가민가하다. 가까운 듯 먼 뱃고동소리는 아직도 긴가민가하다. 낯설지 않으려고 때로는 그러니까, 때로는 그렇다는 말을 되짚어본다. 바다를 에워싼 한밤중의 안개를 여기저기에서 본다.

07

갓길에 우두커니 선 씁쓸한 거드름을 나는 쓴다. 쓰다가 지운다. 리을(ㄹ)자처럼 꼬불꼬불한 거드름을 지운다. 뒤따르던 거드름과 그 다음의 거드름도 지운다. 어딘가로 사라지는 메아리가 있다. 비둘기가 내려와 지운 거드름이 남긴 거드름의 부스러기를 콕콕 쪼고 있다.

08

대숲 속에서 참새가 또 날아올랐다. 대숲바람을 먹고 자란 참새였다. 참새를 따라나선 바람이 다시 길을 나섰다. 어디 만큼이라고 딱 집어 말할 수 없는 길 너머에 참새가 날고 있다. 날아가는 참새를 멀리 보내고 시퍼런 바다 같은 대숲만 멀거니 보고 있다.

09

오른편 돌아 갓, 왼편 돌아 갓 하는 사이 해가 저물었다. 언제 저무는지 모르게 저물었다. 오른편으로 저물고 왼편으로 저물었다. 오른편 마트와 왼편 마트 사이 빈 카트를 끌고 가는 산수傘壽 고갯길이 어리둥절했다. 세상은 오나가나 고갯길이라고 어리둥 절했다.

10

먼 안개 속에서 뱃고동소리가 오고 있었다. 바다를 지나가는 물새 한 마리, 먼 고동소리에 거푸 기울곤 했다. 바람 아니면 파도 속에서 파도는 안개를 길들이는 아득함이었다. 아득함 너 머로 스멀거리는 밀물이 오고, 오다가 길 머뭇거리는 안개도 있 었다.

달빛아리랑

난이 앉아 있는 자리에 돌 하나 앉아 있듯 달빛 아래 돌이 되어 앉아 있다. 난과 달빛이 소근거리는 먼 바람 소리에 귀 기울인다.

*

달빛은 달의 두레박질이다. 돌이 된 나를 길어 올린다. 달의 몸속에 들앉아 내가 앉았던 지상을 본다. 우물물을 길어 올리던 어머니의 두레박질 소리 듣는다.

*

달밤의 집과 나무는 명주옷 차림처럼 아득히 시원하다. 풀벌레가 켜는 은근한 음악소리처럼 시원하다. 떠난 새들이 돌아와

뒷산 물푸레나무에 깃을 접는다.

*

달이 밝을수록 마음 서러운 먼 울음소리 듣는다. 낭떠러지처럼 깊은 울음의 어깨를 다독이는 가만가만한 달빛의 손, 그 손을 부여잡는 손이 떨린다.

*

다듬이방망이로 다듬는 달빛은 깊고 아늑한 가야금 소리로 온다. 한 새 두 새 달빛으로 짠 가야금 바닥에 별들이 내려와 궁상 각치우를 수놓고 있다.

*

천공에 솟은 초승달 아래 달그림자도 되지 못한 나는 골목 어귀에도 가지 못하고 어둠 속을 헤매는 지망없는 갈림길에 우물거린다. 바람이 이마를 때리고 간다.

*

며칠 전의 보름달이 어쩌다 반달이 되어 초저녁 하늘에 걸려 있다. 반달이 된 시간이 걸려 있다. 창문을 열고 시계가 된 달을 본다. 달이 된 달력을 또 넘긴다.

*

달력 속에 11월이 얼굴을 내민다. 다음 해를 몰고 오는 몰이꾼이 있다. 소떼를 몰고 이 장날 저 장날을 떠돌던 소장수, 휘휘 휘파람을 허공에 뿌리고 있다.

오늘은 내일을 내일은 오늘을 주거니 받거니 거나한 말판이다. 틈을 엿보던 어제가 슬그머니 끼어든다. 법고창신法古創新을 오늘과 내일이 귀담아 듣고 있다.

이상李箱을 그리며

　　눈길에 비스듬히 떨어진 빨간 동백꽃을 봅
니다. 눈발의 객혈입니다. 백지에 쏟아내던 그의 객혈이 떠오르
고 있습니다.

　영원으로 통하는 더 깊은 침묵이 보이는 날입니다. 객혈을 품
에 안은 침묵의 무덤 앞에 침묵의 소리를 그리며 한동안 서 있었
습니다.

하나 빼기 하나에 관한 표정

표정 01

　다시 신발을 발에 꿴다. 다시 하늘을 본다 어제 본 하늘을 다시 본다. 어제 걸어온 바다를 본다. 신발과 함께한 바다는 아니고 하늘을 본다. 저녁놀에 붉은 하늘은 방금 저녁놀일 뿐, 신발은 왜 신었나 생각나지 않는 이름이 있다. 저녁놀을 멀리 두고 생각나지 않는 이름을 찾아 길 떠난다.

표정 02

　여기까지다. 앞으로 한 걸음 뒤로 한 걸음 여기까지다. 돌아보지 않는다. 한 번 더 앞으로 한 걸음, 한 번 더 뒤로 한 걸음, 한

번 더 옆으로 한 걸음 딱 그렇다. 그렇다고 등 떠밀린 날은 그렇다는 소리나 귀에 담는다. 들리지 않던 소리가 들리는 날이 있다.

표정 03

그 상자는 그 자리가 그 주소다. 사라진 주소는 사라진 상자의 주소다. 주소를 지우기로 한다. 없는 상자는 지우기로 한다. 아무도 말하지 않는 그 상자의 주소는 없고 덜렁 자리 잡은 상자의 주소는 아직 낯설어 좀 그렇다. '그렇다'에 편지 띄운다.

표정 04

어제는 비가 오고 어쩌다 생각난 듯 바람이 불고, 바람을 가로질러 비가 지나가고 지나가다가 어긋나는 비와 바람의 큰 바늘 작은 바늘, 아니다 아니라며 비가 오고 바람이 일다가 비가 오고 큰 바늘 작은 바늘을 지나 또 비가 오고 바람에 빗금을 긋는 비가 왔다.

표정 05

구름을 쓸어낸 겨울하늘의 얼음장 깨지는 소리, 이빨 시리다.

표정 06

이것은 저것 아니고 저것은 이것 아니다. 이것인지 저것인지

간섭하지 않는 이것과 저것 사이, 울도 담도 모르는 바람 한 줄기 귀머거리 시늉하며 지나간다.

표정 07

아직 어둠 속이라고 먼 산등성이는 어둠을 한 겹 한 겹 칼질하고 있다. 다섯 시는 다섯 시의 요리를 한다. 한 번도 요리해 본 적이 없는 다섯 시가 난감하다. 난감한 다섯 시는 아직 칼질 중이라고 바깥을 본다. 어제 내린 눈발 깃털이 어둠을 껴안고 웅크리고 있다.

표정 08

갑과 을 사이를 쓰다듬는다. 한밤에 우는 귀뚜라미 울음을 쓰다듬는다. 오동잎 지는 바람을 쓰다듬는다. 갑은 왜 갑자기 손이 시리나. 을도 왜 갑자기 손이 시리나. 시린 손으로 쓰다듬는다. 허공을 쪼다가 날아간 콩새의 부리 하나 허공에 떠 있다. 귀뚜라미 울음도 오동잎도 아닌 허공에 까마득히 떠 있다.

표정 09

한때 그쪽은 하나였다. 한때 저쪽도 하나였다. 하나라는 이름의 하나였다. 한때 그쪽은 둘이었다. 한때 저쪽도 둘이었다. 둘이라는 이름의 둘이었다. 하나는 둘이 되고 둘은 하나가 되는 헤쳐모여였다. 소용돌이를 지나온 하나 또 둘이라는 이름의 헤쳐모여였다.

표정 10

마트에서 나온 아이는 마트에서 나온 이쪽 길을 간다. 저쪽 길의 아이는 저쪽 길을 간다. 이쪽 아이와 저쪽 아이를 갈라놓고 마트는 어제도 오늘도 그 자리에 있다. 움직임을 모르는 마트는 움직임을 아는 이쪽 아이와 저쪽 아이 사이에 있다.

표정 11

그가 고개를 끄떡인다. 그가 고개를 가로젓는다. 그가 고개를 갸웃거린다. 갸웃거리며 떠난 그는 갸웃거림 속에 갸웃거림이 되고 있다. 갸웃거림이 어쩌다 누설된다. 이쪽도 아닌 저쪽에서 때로는 느닷없이 누설된 갸웃거림이 길에 선다.

표정 12

꽃이 되지 못한 꽃과 향기가 되지 못한 향기와 꿈이 되지 못한 꿈을 보고 있다. 꽃이 꿈이며 향기가 꿈이며 꿈이 꿈임을 모르는 날이 있다. 모르는 날이 모르는 꿈속에 잠겨 있다. 까마득히 잠기다가 흩어지는 꿈속에 길을 잃고 사라지는 아우라가 있다.

표정 13

그가 치는 북소리는 북의 심장 소리다. 그가 치는 북소리는 북의 숨소리다. 그가 치는 북소리는 북의 허파 소리다. 그가 치

는 북소리는 북의 핏줄 소리다. 심장을 깨우고 폐부를 깨우고 허파를 깨우고 핏줄을 깨우는 그의 북소리에 깊은 산이 더 깊은 소리를 한다. 소리의 발자국을 쓰다듬는 그의 북소리에 저녁놀 하나 아늑한 침묵 속으로 가고 있다.

표정 14

깊은 바람 소리 까칠까칠하다. 발바닥에 바스락거리는 낙엽을 바람 소리에 건다. 삭정이 하나 바람 소리에 비스듬히 건다. 걸리지 못하는 어제와 오늘의 길이 차갑다.

표정 15

물방울 소리를 놓쳐버린다. 물방울 속의 구슬을 놓쳐 버린다. 물방울 속의 햇빛을 놓쳐버린다. 햇빛에 눈부신 프리즘 같은 섬광을 놓쳐버린다. 눈 떠도 볼 수 없는 섬광의 속살을 놓쳐 버린다. 이글대는 프리즘을 놓쳐버린다. 놓쳐버린 시간의 발걸음 소리를 멀리 듣는다.

표정 16

파일 하나는 잃어버린 파일의 옆구리를 찾아 눈을 뜬다. 폭풍에 휩쓸리던 날을 뜬다. 열사를 뒤집어쓰고 열사가 된 도마뱀 같은 눈을 뜬다. 불붙는 사막능선에 불붙는 햇빛의 꼬리에 눈을

뜬다. 눈 뜬 것은 눈 뜬 것끼리 기다란 눈썹에 모래를 달고 느릿
느릿 사막을 질러가는 낙타를 보고 있다..

표정 17

미루나무 우듬지의 햇빛은 미루나무에 걸린 까치집을 기웃거
린다. 새로 태어난 새끼까치에게 가서 한나절 새끼를 쓰다듬는
다. 미루나무 발치의 민들레꽃은 떨어지는 햇빛 부스러기를 노
랑 부리로 콕콕 쪼고 있다.

표정 18

매화나무 가지 끝에 매달린 꽃눈이 겨울을 보고 있다. 겨울 속
으로 한 발 더 다가선다. 시린 바람에도 눈 감지 않고 매운 눈발
에도 눈 뜨고 있다. 눈에 잠기는 봄을 보고 있다. 바람에 흔들리
고 눈발에 꺾이던 나는 매화나무 꽃눈 앞에 머리 조아린다.

표정 19

정사각형 속의 정사각형과 직사각형 속의 직사각형과, 정사각
형 속의 직사각형과 직사각형 속의 정사각형 창문 속으로 정사
각형 구름이 지나간다. 직사각형 구름이 지나가다가 정사각형
구름으로 몸을 바꾼다. 정사각형 구름은 직사각형 구름으로 몸
을 바꾼다. 아파트의 창문들이 몸을 바꾼다.

표정 20

누가 고요의 무게를 달고 있다. 누가 고요의 깊이를 길어 올리고 있다. 누가 고요의 넓이를 재고 있다 가늠할 수 없는 무게와 깊이와 넓이를 누가 가만히 쓰다듬고 있다. 낡은 입성을 지운 나뭇가지 끝에서 바람이 가만 우수雨水 오는 길을 쓸고 있다.

숭촌崇村

얕은 산마루 하나를 넘으니 슬레이트 지붕을 머리에 인 낡은 집이 몇 채 나타났다. 숭촌崇村이라고 한다. 세상에 때 묻지 않는 숭고한 사람, 남의 숭[흉]을 볼 줄 모르는 순박한 사람이 사는 마을이겠다.

산마루를 넘기 전에는 새로 지은 그럴싸한 양옥들이 알록달록 눈에 들어왔었다. 회사의 중역자리에서 물러난 재력가와 일확천금한 운 좋은 사람들과 자연을 옹호하고 즐기는 화가들이 사는 마을이라고 한다. 돈 나오라 뚝딱, 그림 나오라 뚝딱하는 소리라도 들을 수 있을 것 같다. 그러나 서로의 간섭을 마다하는 것처럼 여기 한 집, 저기 한 집 거리를 두고 떨어진 전원생활주의자가 칩거하는 인상이 짙은 마을이다. 도시에서는 누리지 못했던 적요며 신선한 바람을 모처럼 즐기는 생활이라고 할까.

산마루는 경계선이었다. 낡은 슬레이트 지붕 아래에는 논밭을 가꾸는 나이 든 사람들이 전설처럼 엎드려 옛 방식대로 그을음에 찌든 살림을 살고 있다. 숭촌에 내려 쬐는 햇볕과 바람도 한물 간 마당에 쭈그리고 앉아 멍석에 널어놓은 곡식이나 다듬으며 세월을 보내겠다. 조선토박이인 내 감성도 때 묻은 구식이 마음에 들어 무너져 내릴 듯 엉거주춤 서 있는 토담집 골목에서 여기저기 모처럼의 눈요기를 한다.

도로 건널목에 줄을 긋는 각이 반듯한 도시생활은 도시라는 규범이 나를 묶는다. 거기 싫증을 느끼는 때가 어디 한두 번이던가. 그런 생각이 나를 옭아맬 때는 인기척이 드문 산촌으로 가서 작은 텃밭이나 일구며 살고 싶은 뜬금없는 허욕에 찬다. 그 생각의 마魔에 끌려 좁은 고샅길이 있는 숭촌을 어슬렁거린다. 작은 오두막을 지어 텃밭을 가꾸는 동화 같은 꿈에 젖기도 한다. 꿈은 꿈으로 그냥 끝나고 말 것이지만 꿈조차 꾸지 못하면 생활의 재미라는 것을 어디서 찾을까 싶다.

복권을 사는 사람은 이런저런 꿈을 꾸는 기대와 재미가 나날의 즐거움이다. 그런 즐거움이 따분한 세상을 사는 작은 힘이 되기도 한다. 희망과 절망이란 엇갈림 또한 어리둥절하지만 그날그날 살아가는 삶의 종합비타민은 될 것이다.

이따금 산촌의 꼬불꼬불한 골목에서 놓쳐버린 길을 줍는 때가 있다. 부질없는 꿈의 자락이지만 그렇게 하는 걸 삶의 은근한 길동무로 삼으며 아쉬움을 달랜다. 이 또한 호강에 넘친 분수 모르는 생각이라면 어쩔 수 없지만.

요즘은 이따금 비둘기가 한두 마리씩 아파트 베란다 난간에 앉았다 간다.

상추쌈

도시에서는 어디로 가든 이런저런 가게와 쉽게 만날 수 있다. 도로를 낀 집은 가게를 열기 위한 구조로 개축이 된다. 그런 집일수록 인기가 높다. 한 집 건너 가게가 아닌 서로 어깨를 맞댄 가게들이다. 그것도 숨에 차지 않아 좀 느슨한 길가에 천막을 치고 노점을 차린다.

줄줄이 들어선 가게에서 파는 것은 십중팔구 옷이 아니면 과일 일색이다. 도시사람은 옷치장을 하고 과일이나 먹고 사는 것 같은 인상을 준다. 어쩌다 잡화를 취급하는 곳이 있긴 하지만 사람들은 주로 옷이며 과일가게 앞에서 발을 멈춘다. 언젠가 벽에 칠 못을 찾아 가게를 헤맨 적이 있다. 못을 파는 가게는 흔하지 않아 철물점이 있는 먼 데까지 터덕터덕 걸어야 했었다.

가게에 차려놓은 옷과 과일만 보고도 봄이 왔구나, 가을이구나 하고 계절을 읽을 수 있다. 그런데 언제부터인지 철[계절]이 사라졌다. 얼음이 꽝꽝 얼어붙는 겨울인데 가게에는 얼음을 대수롭게 여기지 않는 듯 딸기가 빨갛게 햇볕을 쬐고 있다. 풍성한 몸집으로 으스대는 수박에 입맛을 당기게 된다.

겨울철의 딸기며 수박은 서민들에겐 그림의 떡이었다. 고관대작이며 한다 하는 재력가의 집에나 어울리는 과일이었다. 그때는 과일도 어깨를 으쓱대며 높고 으리으리한 대문을 드나들었을 것이다. 그런 과일이 어느 세월에 평준화 신세가 되었다. 과일은 제 몸값이 떨어진다고 투덜댈지도 모른다. 하지만 글로벌 시대는 수입품 과일이 나 보란 듯 기세등등한 빛깔로 진열대를 독차지한다. 상전벽해라며 토종과일은 침묵으로 말할 것이다.

사람이라고 다를 것은 없다. 전에는 백의민족이니 단일민족이라는 말을 사과, 배, 그리고 율시栗柿처럼 입에 올렸었다. 그러나 어느 틈에 다문화/다민족국가라며 망고, 피인애플, 그리고 오렌지 맛을 들추듯 말을 바꾸어야 했다. 퓨전fusion 혹은 유나이티드united는 유행처럼 번지는 세계적인 추세이다.

버젓한 가게를 돌아다니다가 난전에 들면 할머니들의 주름살 같은 푸성귀가 쪼글쪼글하다. 다 팔아야 단돈 몇 천 원도 쥘까 말까 하겠는데 그걸 보듬어 안고 시간을 보낸다. 할머니들에게

시간은 대소쿠리에 담긴 냉이며 달래다. 뜨개질을 하면서 시간을 보내는 사람에겐 뜨개질이 시간이다. 독서는 또 어떻고. 이렇게 보아 나가면 사람은 그가 하는 일이 곧 시간이다. 시간이 빨리 지나간다고 여기는 사람과 시간이 지루하다고 하품하는 사람의 차이점을 생각하는데 굵직한 목소리가 바로 앞에서 손님을 모으고 있다.

ㅡ배추 한 단에 3천 원! 제주산 밀감 한 박스가 단돈 만 원!

목소리를 따라가니 하얗고 미끈한 통무가 한겨울 추위를 마다한 듯 서글서글한 하얀 알몸을 뽐내고 있다. 속마저 단단해 보이는 싱싱한 각선미가 추위에 떠는 사람의 기를 꺾는 느낌이 든다. 무즙은 감기예방에도 좋다는 말이 떠오른다. 감기 예방 약을 몸속에 저장한 무는 독감예방 주사를 맞느라 줄을 서 있던 사람의 호들갑을 우습게 여기고 있었을 것이다.

망고 파인애플은커녕 무 배추 같은 처지에도 들지 못하는 처지는 길바닥에 내걸린 단돈 오천 원을 호가하는 철지난 입성이나 다름없다. 뒷짐을 지고 어슬렁거리다가 시들어가는 상추다발에 눈이 끌린다.

저녁엔 막장에 상추쌈이나 싸먹었으면 한다.

소리를 찾아

　　낙엽 바스러지는 소리가 사각사각 발바닥에서 몸을 타고 올라온다. 아얏, 소리를 지르면서 호들갑을 떠는 사람의 경우와는 다르다. 낙엽은 땅에 엎드려 등산객의 발바닥에 밟히고자 하는 것 같다. 그 마음이 산의 마음 아니겠는가.

　　고개를 드는데 삭은 삭정이가 나뭇가지를 떠나 낙엽더미 위로 푸시시 내려앉는다. 고요의 깊이를 삭은 나뭇가지가 재고 있다며 떨어지는 삭정이를 본다. 바람 한 점 없는 산의 깊이에 지친 나뭇가지가 기지개를 켜는 몸짓이라고 나는 속으로 말한다.

　　공단이불처럼 푹신푹신하게 깔린 푸서리 낙엽이다. 떨어져 쌓인 잎은 더 바삭바삭 밟아달라고 등을 내민다. 흙으로 돌아가기를 낙엽은 은근히 바라고 있을 것이다. 사람도 목숨이 다하면 흙으로 돌아가는 순리를 안다. 모태母胎인 흙. 사람이든 낙엽이든 흙으로 돌아가서 무위를 벗 삼는 자연의 경지이길 바라는 눈치다. 산의 품에 안긴 동물이나 식물 그리고 바람도 흙을 밟고 흙에 뿌리를 내린다. 흙은 제 몸을 내어주는 자비심으로 촉촉하다.

골을 찾아 더 깊이 들어간다. 네안데르탈인 시절이 심심산골에 있지 않겠느냐고 서로 엉키고 긁힌 가시덩굴을 본다. 아무도 손을 대지 않는 원음原音이 원음遠音이 되어 오는 환청에 뜬다. 이런 생각에 홀려 걸음을 거듭 골 안으로 천천히 옮긴다.

어디선가 새가 울고 있다. 그것은 고요에 쉼표를 찍는 소리이기도 하다. 그런데 새는 보이지 않는다. 뜬금없이 무섬증 같은 것이 몸을 파고든다. 새소리가 하필이면 무섬증을 일으켰을까. 조금 전부터 나는 뭔지 몸이 으스스하다는 느낌을 갖고 있었지 싶다. 그것이 새소리를 듣는 순간 두드러기처럼 몸 밖으로 드러났을 것이다. 이빨이 날카로운 멧돼지가 자주 산길에 출몰한다는 뉴스가 갑자기 떠오른다. 거기 귀가 걸려 가만 걸음을 멈춘다. 조금 전에 울던 새소리가 들리지 않는다. 새는 여전히 울고 있을 것인데 무섬증이 귀를 떡 막고 아무 소리도 듣지 못하게 하는 것 같다.

산 초입에 걸려 있던 현수막이 갑자기 눈에 떠오른다. 야생 멧돼지가 자주 나타나는 길목이라는 주의사항이 적힌 현수막은 잠깐 읽어보고 가라는 듯 바람에 너풀너풀 흔들리고 있었다.

무섬증도 일종의 흔들림이겠다. 흔들림을 떨쳐버리고 싶은 생각에선지 사방을 조심스레 살펴본다. 더 이상 깊게 들어가지 말라고 새소리가 타일렀을 것이다. 걸음을 돌려야 한다는 도돌이표 같은 신호가 마음에 슬그머니 걸린다. 새 울음소리가 산중고요를 듣고자 하는 걸음에 도돌이표를 찍었다며 변명 같은 생각을 한다.

산에서 내려와도 산의 고요는 한동안 마음속에서 떠나지 않는다. 그런데 고요를 무너트리는 소리가 덜거덕거린다. 질주하는 차량이 귀 따가운 굉음을 드러낸다. 산중의 고요와 도시의 굉음은 사람이 살아가는 세상의 양면성을 보여준다며 소리가 있는 쪽으로 고개를 돌린다. 그런데 소리는 어느 한쪽에서만 오는 것은 아니다. 바로 앞쪽이라고 생각하고 있는데 어느새 뒤쪽에서 수런거리는 기척이 사람을 어리둥절하게 한다. 산이 고요를 먹고 자라듯 도시는 소리를 먹고 자란다. 소리를 빼면 아무것도 남을 것이 없는 도시. 그걸 일러 도시의 기능이라는 점을 찍으면 어떨까 싶다. 한때 잘 나가던 사업이 사양길에 들어서는 것도 그 바닥을 살펴보면 파도 같은 경제공황에 미처 손을 쓰지 못한 탓이겠다.

승승장구만이 모두는 아니다. 성공과 실패는 어쩌면 한 반상에 놓인 바둑돌이다. 흰 돌이 검은 돌을 잡아먹고 검은 돌이 흰 돌을 왕창 포위한다. 그래서만은 아니겠지만 생활이란 것도 실은 바둑돌 두기나 다름없는 게임이다. 산속에 몸을 둔다고 도시 속의 소음에서 멀어진 것은 아니다. 도시 속에 몸을 두고 있어도 산속의 고요를 누릴 수 있다면 그가 도시 속의 산길을 거니는 소요객逍遙客이다.

자동차의 소음과 매연을 피해 산을 걷는 사람도 때가 되면 소음의 도시로 내려와 매연을 다독이면서 산다. 그런 와중에도 산속의 고요를 생각하면서 소음 속에 잠재된 고요를 걸러내는 일을 마음으로 챙긴다.

굳이 말하지 않아도 산에서 듣고 보는 소리는 바람이 스쳐가는 나뭇가지 소리, 산새가 우짖는 소리, 꽃망울이 터지는 소리 그리고 산이 숨 쉬는 소리 등 무욕의 소리였다. 거기 비하면 도시에서는 자동차가 달리는 소리, 사람들이 몰려오고 가는 군중의 소리, 어느 건설공장에서 두들기는 망치질 소리, 물건을 팔고 사느라고 수런거리는 인위의 소리로 도시를 구성하는 중심요소가 된다. 산을 무위無爲라면 도시는 인위人爲다.

그래서인지 산에서 듣는 소리는 현악기 연주를 듣는 것 같다. 도시의 소리는 당연히 타악기 연주가 소리의 중심이다. 세상은 관현악 연주를 듣는 커다란 음악공연장이다.

고요와 소음은 인위적이든 뭐든 그 바닥에는 무위자연이 있다. 누에가 뽕잎을 갉아먹듯 사람은 자연을 갉아먹고 소음이란 껍데기를 고요의 바닥에 퍼뜨린다. 무위는 점차 설 자리를 잃어 간다. 그러나 도시를 살기 좋게 하자는 말 속에는 인위의 도시를 보다 더 무위의 소리로 메우자는 갈망이 들어 있다.

일체유심조一切唯心造라고 했겠다. 상인들이 떠드는 길목에 현악기 소리 같은 가녀린 풀꽃 한 송이가 때로는 마음에 한 점 희귀한 위안을 준다.

꽃의 세례

달력에 적힌 약속을 따라 바깥나들이를 하는데 푸른 산과 구름이 오래만이다. 전에는 산을 보아도 그저 그렇거니 했다. 구름 또한 거기 떠 있구나 했다. 그런데 마음이 금방 바뀌어 산을 보니 반갑고 구름 또한 둥둥 북치는 소리를 한다.

또래들과 어울려야 생활에 피가 잘 돈다는 충고는 한두 번들은 바도 아니다. 충고에 끌려 나갈 생각을 하면 이것저것 챙겨야 할 것도 있다. 그런 일 때문에 나들이를 머뭇거리는 것은 아니다.

친구들과의 만남은 씩 웃는 것만으로도 반갑다. 나이 들어가는 처지이니 허물없이 이런저런 이야기를 나누고 때가 되면 호주머니를 털어 요기라도 해야 없는 체면이라도 선다. 집안에만 박힌 삼식이*는 안사람의 눈치감이라는 유행어도 바깥나들이를 결심하는 빌미가 되기는 한다.

길을 걷는 중이거나 지하철 안에서든 얼핏 생각이 떠오르면 그걸 쪽지에 얼른 적는다. 그 서툰 품을 혹 젊은이가 보면 답답해할 것이다. 그냥 스마트폰으로 찍으면 간단하게 해결 될 것을 그러지 못하고 종이쪽지에 적는다. 변명 같지만 화면에 뜬 것을 읽는 것보다는 종이에 적은 것을 읽는 쪽이 편하고 글의 흐름에 대한 생각도 보다 깊이 있게 풀어나갈 수 있다. 그런 점 광물성

편이라기보다 식물성 편이다. 내 속에서 풀잎이 사근거리는 소리, 꽃망울이 터지는 소리도 들리는 느낌에 찬다.

스마트폰은 빛으로 글자를 읽고 사진을 찍고 본다. 빛이 사라지면 내용을 알 수 없는 스마트폰은 '빛이 있으라 함에 빛이 있었다.'는 창세기 구절을 떠올리게 한다. 빛의 시대인 스마트폰이라고 하지만 따지고 보면 종이책 또한 빛이 있어야 비로소 내용을 읽을 수 있다. 바깥나들이를 하는 나 또한 빛을 찾아 가지 않는가.

빛은 길이다.

집안에서는 볼 수 없던 빛을 길에서는 찾아볼 수 있다. 그런 점 길은 구체적이고 시야를 보다 더 넓게 하는 빛이다. 집안에서는 기억하고 상상하는 세계였는데 길에서는 직접 보고 듣고 느끼는 생음악 같은, 원화原畵 같은 풍경이 마음을 즐겁게 한다.

사람의 눈맛 입맛 또한 기억 쪽보다는 직접 손으로 주무르고 깎고 다듬은 것을 선호한다. 손바느질을 한 옷이며 신발이 호사가의 인기를 끈다. 손으로 뽑은 칼국수가 입에 닿는 것을 보면 입맛의 향수는 여전히 손에 달려 있는 것 같다. 종이책이 인기를 잃지 않고 생명을 유지하는 이유도 기계제품과 수제품과의 차이에서 찾을 수 있겠다.

디지털시대에 느리게 살자는 말이 떠도는 것을 보면 빨리빨리 사는 것에 신물이 난 아날로그 시대에의 향수인지도 모른다. 음악에 강약완급이 있듯이 때로는 빠르게 때로는 느리게 사는 호흡을 생각해야겠다.

전자책은 쉬이 눈을 피곤하게 할뿐더러 전자파로 인한 건강상의 문제도 있어 보인다. 종이책이라고 눈이 피곤하지 않는 것은 물론 아니다. 하지만 종이책은 전자책보다 깊이 읽고 생각하는 여유를 준다. 피곤하면 책갈피를 접었다가 곧 펼쳐 볼 수도 있다. 이런 점 때문에 디지털시대에도 종이책이 그나마 명맥을 이어가는 한 가지 이유가 된다.

전자책을 가령 광물성이라면 종이책은 당연히 식물성이다. 광물성은 차갑고 식물성은 온화하다. 광물성은 옹고집 같으나 식물성은 포용하는 힘이 있다. 광물성은 단독적인데 식물성은 포괄적이다. 이렇게 풀어나가면 전자책을 읽는 세대와 종이책을 읽는 세대와의 성격구조 같은 것도 어렴풋이나마 헤아릴 수 있어 보인다.

벚꽃이 난분분한 길에 서서 모처럼 꽃의 세례를 받고 싶다. 이런저런 구차스런 생각이 향기로 다시 피어날 것이라고 격에 어울리지도 않는 나만의 서툰 판단을 한다.

* 삼식이=하루 세 끼니를 꼬박꼬박 집에서 챙기는 사람을 일컫는 유행어.

트집

지하철 안의 검은 선글라스는 맞은편에 앉은 승객들을 눈으로 빨아들이는 염치머리 없는 블랙홀이다. 훔쳐보는 눈으로 두리번거리는 얌체머리가 문제다.

*

나뭇가지는 제 손바닥에 바람을 그네 태운다. 간들거리는 그네를 타고 즐거워하는 바람, 그네를 타는 계집애들의 바람에 팔랑거리는 치맛자락이 문제다.

*

매화나무 묵화는 검은 매화꽃을 가지에 매달고 검은 매화꽃을 지상에 떨어트린다. 매화나무 아래에서 매화꽃에 눈을 파는 덧없는 시간의 넋두리가 문제다.

*

늦은 밤에 길 떠나는 고동소리에 오륙도는 귀를 세운다. 고동소리의 길 헷갈릴라 등불을 건다. 호롱불 밝힌 채 바깥세상에 귀 기울이는 문풍지가 문제다.

*

창밖 그림자 속에 얼비치는 어쩌면 낯익은 그림자를 본 듯하다. 감감한 이름이 떠올라 창문을 열었다. 나뭇가지에 걸려 어둠을 견디는 시린 달이 문제다.

*

시간을 본다. 시간이 가는 길은 시간 안에 있고 몇 시냐고 묻는 나는 시간 밖에 있다. 시간 밖과 시간 안의 세계에서 따돌림이 된 캄캄한 외톨이가 문제다.

*

불을 끈 마을의 건너편 어둠이 깊다. 늦은 밤에 불을 끈 마을이 깊다. 불을 꺼야 보이는 전에는 안 보이던 어둠의 깊이가 된 소용돌이를 보는 눈이 문제다.

*

어디서 귀뚜라미가 울고, 어디서 급브레이크를 잡고, 어디서 깨진 소리가 지나가고, 어디서 불붙은 치맛자락이 파닥거리고, 어디서 멍한 자정께가 문제다.

*

아침 여섯 시를 쓰고 있는데 먼 산등성이는 밖을 볼 줄 모르는 여섯 시에 있다. 여섯 시가 문제다. 풀어본 적이 없는 겨울아침 여섯 시의 어둠살이 문제다.

차임벨 소리

영어회화 차량 뒤에 수학천재 차량 뒤에 태
권도 차량 뒤에 영재학원 차량 뒤에 중학교 교문이 매달려 있습
니다. 늦은 오후, 재재거리는 학생들이 쏟아져 나오는 교문 밖은
밀물 때입니다.

시동을 거는 영어회화 차량과 수학천재 차량과 태권도 차량
과 영재학원 차량이 하나씩 떠난, 교문 밖은 썰렁한 썰물 바닥입
니다.

늦게 닿은 차 한 대는 지각생처럼 교문 밖에 서 있습니다. 다
른 차들은 다 떠나고 늦게 닿은 차는 옆구리에 아무것도 써 붙이
지 않았습니다. 아무것도 써 붙이지 않는 차는 아무것도 할 일이

없는 것 같다고 한동안 보다가 지나갑니다.

학교 쪽에선지 차임벨 소리가 바람처럼 귓가를 스쳐지나갑니다. 오늘 공부는 다 끝났다고 차임벨 소리가 말하는 것 같습니다. 갑자기 서쪽 하늘이 눈에 들어옵니다. 놀빛이 자욱한 그곳이 마침 놀의 밀물 때입니다. 학원시간은 이제 시작이라고 놀이 된 차임벨 소리가 말하고 있는지도 모릅니다.

시린 목덜미

01

        성지곡수원지의 비단잉어를 보는 때가 있다. 먹이를 던져주자 수런수런 모여들어 입을 오물거리는 잉어는, 이이는 사$2\times2=4$, 이삼은 육$2\times3=6$이라며 종알거리는 어린 학생들이었다.

  맑은 하늘에서 마른 천둥소리를 듣던 날도 있다. 먼 어느 지역의 일기예보 같은 천둥소리를 듣는 날은 돌아갈 수 없는 옛 시절을 그리며 이이는 사$2\times2=4$, 이삼은 육$2\times3=6$을 외우던 교실을 마음으로 덧없이 기웃거렸다.

02

아파트 단지 안의 정원수가 된 소나무는 안태본인 산을 잊지 못한다. 바람 부는 날은 가지를 흔들어 향수에 젖은 몸짓을 한다.

소나무 우듬지에 앉았다 가는 한 점 구름을 보는 날은 구름이 학이다. 병풍에 수를 놓던 누이가 소나무에 떠오른다. 어느새 가고 없는 누이가 정원 한쪽에 소나무처럼 서 있다.

03

등 뒤에서 커다란 풍선이 펑 터졌다. 터진 풍선은 시시콜콜하게 아픈 마디마디를 구기고 있다. 머리칼 날리는 우두커니 하나, 릴레이 달리기 하는 바통을 쥐고 있다. 만국기 아래로 엿장수가 가위를 흔들며 지나갔다. 엿판 소리가 거듭 들렸다.

호각 소리가 다시 들렸다. 바통을 쥐고 뛰는 머리띠는 머리띠를 놓쳤다. 바통을 건네받는 손이 바통을 떨어트렸다. 여기저기서 박수 소리가 터졌다. 흙바람은 흙바람을 물고 바통 뒤를 따라가고 있다.

04

허공에 피는 국화꽃 사이 텃밭은 때 아닌 풍년이다. 새가 날아가다가 기웃거린다. 먼 나라의 나이아가라 폭포 아래 '나이야 가라.'며 덧없는 술잔을 기울인다. 사모관대 쓰고 초례청에 서던 날이 어제 같다. 정자와 난자 씨앗봉지를 홀 부르듯 허공에 띄운다. 공단 치마폭 같은 열두 폭 병풍이 밤 불꽃놀이를 타고 왔다.

05

흥얼거리는 옛날의 노래는 과일접시 틈새로 사라졌다. 유령처럼 떠돈다는 그는 없고 대전발 영 시 오십 분*이 뒤이어 지나갔다. 누구는 그믐달, 누구는 팔자 핀 보름달이었다. 그믐달이 된 그가 비스듬히 일어섰다. 외투깃에 집어넣는 시린 목덜미를 움츠렸다.

* 가수 장사익의 노래에서.

06

늦장 부리면서 살아온 날이 늦장 부리면서 가고 있다. 오는 날과 가는 날 틈새로 난데없는 바람이 일렁이고 바람 속에서 늦장 부리는 시간이 흔들린다. 시간의 그네 타기라는 말을 하고 있다. 성춘향과 이도령은 책 속에 있고 어느 날은 그네에 앉아 있다. 시간이 된 성춘향과 이도령이었다.

07

바람을 한동안 보고 있다. 겨드랑이에 날개를 단 바람은 어디서 어떻게 불어왔나. 목화송이 같은 구름을 풀어놓고 어디론지 사라지는 바람이다. 해 질 녘에는 바람이 사라진 산 위에서 연분홍 연지 같은 구름이 핀다. 천사라고 이름 부르고 싶은 노을 무렵이다.

08

어쩌다 수필을 쓰고, 어쩌다 수필에 찍히고, 어쩌다 찍힌 수필의 멍에 멍들고, 어쩌다 싱겁게 이름에 찍히고, 어쩌다 찍힌 이름의 멍에 멍들고, 멍든 몸으로 다시 수필을 쓰고, 어쩌다 나는 이것은 아니라고 나에게 손사래를 친다. 손사래 너머로 날아오고 날아가는 구름을 본다. 구름의 방에 세를 얻어 수필이나 쓰고 싶은 날이 있다.

09

《도덕경》을 읽고 노자를 생각하고, '소요유'를 읽고 장자를 생각하고, 《공기와 꿈》을 읽고 바슐라르를 생각하고, 〈처용〉을 읽고 김춘수를 생각하고, 니체를 다시 읽는 밤이 깊다. 밤에서 웅숭깊은 냄새가 난다. 그 냄새를 좇아가기로 한다. 어쩌다 놓쳐버린 책갈피는 어쩌다 생각나지 않는 책갈피로 가고 있다.

10

싱거운 하루 이틀이 가고 있다. 어제도 가고 오늘도 가고 있다. 가는 뒷모습에 멀거니 눈을 판다. 그저 그런 날이라고 돌아선다. 뜬구름 같은 하늘이나 멀거니 본다.

정월 초하루 아침의 해맞이

첫날이라는 생각 때문에 그해의 첫날 아침의 해맞이는 특별한 의미를 둔다. 어제나 오늘이나 또 내일이나 조금도 변함이 없는 해다.

그러나 유독 첫날 아침의 해맞이를 하고자 사람들은 추위를 마다하고 일출시각에 맞추어 해맞이가 좋은 곳을 찾는다. 그걸 또 신문/방송이 부추기니까 어떤 사람은 나들이 삼아 차를 몰고 더 좋은 해맞이 장소를 찾아간다. 첫날 아침의 해를 바라보면서 간절한 소원을 빈다. 그래야만 한 해의 신수가 훤하고 맺혔던 고도 스르르 녹아 사라질 것이라 믿는다. 수많은 사람들의 소원을 들어주느라 해는 우왕좌왕할 틈도 없이 바쁠 것이다. 혹 놓칠

까봐 기억메모리를 활짝 열어 소원이 오는 방향으로 성능 좋은 안테나를 높이 세울 것만 같다.

지난 해였다. 해운대 바닷가에 모인 수백 수천 명이나 되는 사람들이 해가 뜨는 먼 수평선을 향해 서 있었다. 그때 나는 남극해 어느 기슭에선가 바다를 향해 서 있는 펭귄 무리를 떠올리곤 했다. 펭귄은 먹이를 찾아 바다로 뛰어들 채비를 하고 있었다. 바닷가에 선 사람들도 해를 맞이하려고 동쪽을 향해 해가 뜨는 순간을 놓치지 않을 셈으로 꼼짝도 하지 않았다. 기다리던 해가 이윽고 떠오르고 누군가 해가 떴다고 외치는 소리가 들렸다. 펭귄이 일제히 바닷속으로 뛰어드는 광경을 나는 그 소리에서 보고 있었다.

감격스럽다는 말을 마음속으로 하고 있었다. 감격을 맛본다는 것은 마음에 좋은 기쁨을 심는 일이었다. 그 기쁨으로 한 해의 소원이 이루어지리라고 믿었다. 해맞이하기를 잘했다는 뿌듯한 생각이 들어 가슴이 좀 훈훈했다.

그 다음날에도 어김없이 해는 떴으나 일부러 해맞이를 나온 사람은 그다지 없어 보였다. 아침운동을 하느라고 끼리끼리 바닷가를 거니는 사람만 몇 있을 뿐 전날의 감격은 파도소리에 묻혀 보이지 않았다. 새해 첫날 아침이 삼백예순날을 대표하는 아침이라는 생각이 들었다. 무슨 시상식이란 것도 대표자만 불러내어 시상하는 경우도 있긴 했다. 정월 초하루의 해는 그 대표자인 셈이었다.

이번 정월 초하루 아침엔 어쩌다 해맞이를 하지 못했다.

황금비율의 틀에서

도시에 들어선 다양한 건축물 하나하나는 도시를 볼품 있게 갖추는 이런저런 명분이 된다. 갖가지 구경거리가 되고 쉼터도 된다. 다소 어리둥절한 길에서도 높이 치솟은 번듯한 건물을 보는 재미는 사람의 마음을 잠깐이나마 즐겁게 한다.

가로수로 심은 크고 작은 나무 또한 도시인의 기운을 받아 자란다. 신발에 흙이 묻을 염려가 없는 아스팔트길처럼 매끄러운 잎이 소음을 걸러내고 푸른 기운을 품는다. 나무는 이쪽 혹은 저쪽으로 가지를 뻗으려 한다. 그러나 거리의 조경사는 나무 생리를 도시 미관을 잣대로 삼아 싹둑싹둑 잘라버린다. 인위적인 아름다움과 질서이긴 하지만 나무는 환경에 어울리는 모양을 따르느라 가위질에 고분고분 몸을 맡긴다.

　도시사람은 느릿한 시골사람과는 달리 걸음이 빠르고 반듯하다. 스마트폰에 뜨는 차량시간에 맞추느라 지하계단을 톡톡 뛰어 오르내리는 종종걸음도 바쁘다. 그것이 어쩜 악곡 소리를 닮는다. 도시사람은 뛴다. 또각또각 바닥을 찍는 하이힐 소리를 들으면서 도시사람은 자란다. 아주 옛날에는 나막신을 신었었다. 그 나막신 소리가 하이힐 뒷굽 소리로 진화했다며 엉뚱하지만 진화의 모양새를 생각한다.

　이웃 상가로 가느라 직사각형으로 된 엘리베이터를 타고 내렸다. 그런데 며칠 전에는 없던 삐죽삐죽 날을 세운 철근골조물이 시선에 닿는다. 새 건물을 짓느라고 크레인차가 땡볕에 익은 철근을 들어 올리고 있다. 크레인 이빨에 찍힌 기다란 철근이 더위를 먹은 듯 휘청거리며 새로 짓는 구조물 안으로 느리게 들어서고 있다.

도시사람은 철근을 깐 계단을 걸으며 철근골조물 위에서 일을 하고 잠을 잔다. 사람은 환경의 지배를 받는다는 말을 믿으면 철근처럼 단단하고 날카롭고 다부진 성격을 갖는 것이 도시사람의 얼굴이라고 하겠다. 여기도 우후죽순 같은 건물, 저기도 하늘을 찌를 듯한 고층건물이 고개를 뒤로 빨딱 젖히게 한다. 누가 도시의 모양새를 그린다면 나날이 변하는 구조를 따라가느라 완성된 모양새는 거의 볼 수 없을 것이다. 이 구조도는 몇 년 몇 월 며칠의 것이라며 내세울 수는 있겠지만. 그런 점 도시는 불완전 속에서 또 다른 불완전으로 가는 불완전 집단거주지역이라고

하겠다.

　모가 반듯한 각진 건물을 돌아서면 또 다른 각진 건물의 연속이다. 기하학적인 이런저런 각으로 구성된 곳이 도시 아닌가. 그걸 좀 부드럽게 하고자 원통형 건물이 어쩌다 들어서는데 원통형은 도시의 비싼 땅을 잘라먹는 경우가 더러 있다. 가령 냉장고 안에 넣는 반찬통은 둥근 것보다는 네모진 것이 자리차지를 적게 한다. 원통형보다 사각형 건축물을 즐겨 짓는 이유가 냉장고 속의 반찬통원리에 있다고 보면 어떨까.

　원통형은 원만한 느낌이 드는 반면 사각형은 사리판단을 한치도 어긋남이 없이 정확성을 띤다. 정확성을 따지는 오차 없는 사람이 사는 곳이 도시 아니겠는가. 물론 이렇게 일방적으로만 볼 수 없지만 모를 세운 듯 반듯반듯하게 우뚝 솟은 건물구조가 그렇게 말을 한다.

　어쩌다 눈을 시골로 옮기면 푸름 일색으로 확 바뀐 시야에 놀라게 된다. 녹색의 홍수로 덮인 듯 산과 들은 눈부시도록 깊고 푸른 빛깔 천지다. 산자락 아래 엎드린 집들은 산자락을 닮아 둥그스름하게 포근하다. 푸름 속으로 풍덩 빠져들고 싶은 충동을 누르며 어릴 적에 즐기던 천렵을 생각한다. 좁은 길이지만 꼬불꼬불한 골목길이 퍼즐게임을 하듯 굽이를 도는 재미도 있다. 그 길에서 술래놀이를 하고 땅따먹기도 했다. 그런데 도시에서는 골목다운 골목을 거의 볼 수 없다. 좀 빈터가 생기면 누가 먼저랄 것도 없이 눈치 빠르게 골목가게를 차리거나 주차장 선을 긋고 함부로 얼씬거리지 못하게 한다.

사람은 이쪽에 있으면 저쪽의 모양새가 궁금하고 저쪽에 있으면 이쪽의 모양새가 궁금하다. 그런 탓인지 도시에 살면서 시골을 들락거리고 시골에 살면서 도시를 들락거린다. 이런 때는 도시에 시골주소가 붙어 다니고 시골에 도시주소가 붙어 다닌다. 도시와 시골의 경계선이란 것이 애매모호하다. 하지만 갑작스런 횡단보도가 가던 걸음을 멈추게 하는 도시에 비하면 시골길은 느리게 걷거나 빠르게 달리거나 누가 뭐라고 하는 사람이 없다. 그야말로 무위자연無爲自然의 멋을 즐길 수 있는 곳이 시골이다. 그런 점 시골은 유연함과 넉넉함으로 짜인 것 같다.

여기저기 뜨내기처럼 숨차게 떠돌며 사는 도시인의 처지가 고달프기는 하다. 뿌리를 내리고 사는 곳에서나마 환경에 입맛을 맞추면서 사는 것이 조금이나마 넉넉함을 지키는 아쉬운 처지는 되겠다. 도시에서 시골을 넘보고 시골에서 도시를 넘보는 팔자에도 없는 잔머리는 굴리지 않아야겠다. 뱁새가 황새를 따라가다가 가랑이 찢어진다는 말이 떠오른다.

황금비율은 이런저런 삶에 좋은 도우미가 될 것이니 고마운 일이다.

항아리

항아리 속에서 은밀하게 숨 쉬고 있는 침묵이 궁금하다. 그 침묵의 소리를 찾아 서운암 장독간 주변에 선다.

수백 개를 헤아리고도 남을 성싶은 고전적인 항아리. 그 항아리가 숨 쉬는 소리는 서운암의 정기라는 생각에 우선 잠기곤 한다. 그 소리에 귀를 기울이며 항아리 주변을 천천히 거닌다. 겨울 한낮의 햇볕에 반들반들 익은 항아리를 보면서 항아리의 속살배기 같은 은은한 거문고 탄주를 듣는 느낌에 찬다.

고개를 드니 영축산이 이마에 닿는다. 통도사 말사인 서운암을 껴안은 영축산이 두 귀를 세워 거문고 탄주에 지그시 눈을 감고 있는 분위기를 보는 맛이 한갓지다.

항아리에서 울리는 소리를 느끼다가 산을 보았을 때다. 영축산의 메아리 소리가 항아리 소리로 웅얼웅얼 울리는 깊은 동굴 속 같은 감흥에 찬다. 항아리 속에는 영축산의 바람 소리가 된장처럼 보글보글 익어가는 구수한 맛이 미각을 은근히 자극한다. 계절 따라 날아드는 산새 소리며 나뭇잎이 나고 꽃물 향긋한 소리도 있다. 산짐승이 내려와 항아리 발치에서 잠꼬대를 하는 기척, 그 기척을 알고 구름이 이불을 덮어주며 토닥거리는 소리도 들어 있을 성싶다.

순천 어느 매실농장에서 본 수많은 항아리는 매실이 익어가는 숨결 소리로 넉넉했다. 봄에 딴 매실을 껴안은 항아리는 주렁주렁 매달린 매실 나뭇가지처럼 저만치 가지런히 줄을 지어 있었다. 섬진강의 물소리와 지리산 자락의 바람 소리를

먹고 자란 매실을 숙성시키는 우묵한 항아리. 맑고 넉넉한 물결
소리며 솔바람 소리에 뜸드는 항아리 속의 매실에 절로 입맛을
다시기도 했다.

넉넉하고 소박한 삶을 생각하라고 항아리가 말하는 것 같다.
풍만한 질감을 갖는 몸집이 우선 그렇다. 어깨에서 부드럽게 흘
러내리는 곡선미를 보고 있으니 순박한 여성의 아름다움이 떠오
른다. 그래서인지 항아리는 자상한 모성이 닦고 쓰다듬는 손결
처럼 깊고 아늑하다.

겨울 한낮의 햇살 아래 김치를 맛들이고 있는 투박한 항아리,
우리 집 베란다에도 서너 개만 남은 호젓한 항아리가 장독 구실
을 하고 있다.

콩새는 귀가 밝다

겹으로 된 창문은 밖에서 오는 소리를 얼씬도 못하게 다 먹어치운다. 바로 눈앞에 차가 지나가는데 아무 소리도 들리지 않게 깨끗이 싹 지워버린다. 귀로 듣지 말고 눈으로만 보라는 것이 현대건축문화의 양식일 것이라며 들리지 않는 소리에 귀를 댄다.

인체구조의 균형감각을 건축양식이 깨트리고 있다면 망발일까. 보고 듣는 기능 가운데 유독 보는 것만을 강요하는 것처럼 여겨지는 구조는 눈을 더 피곤하게 하겠다. 귀는 얼굴 양쪽에 매달려 쓸모가 없게 된 처지를 괴로워할지도 모른다.

이렇게 생각하다가 창문을 열면 기다렸다는 듯 온갖 소리가 창문 안으로 밀고 들어오느라 어깨를 부딪친다. 한꺼번에 밀어 붙이지 말고 차례차례 왔으면 하는데 그런 생각을 소리가 알 까닭이 없다. 조금 전에 지나간 차량의 꽁무니를 따라가려는 듯 또 다른 차가 부지런히 달려간다. 뒤쫓아 달리는 차는 씩씩거리는 낮고 숨찬 소리를 하는 것처럼 보인다. 길 건너편의 공사장에서 망치질 소리 같은 것이 몇 번 들리다가 잠잠하다. 어느 집의 강아지가 또 짖는다. 강아지는 아까부터 짖고 있었을 것이다. 바로 눈앞에서 나뭇가지가 소리를 좀 들어보란 듯 몸을 흔든다. 나뭇잎이 떨어질 때도 가만가만 조심스런 소리를 하고 있었겠다.

창문을 닫고 거실에 들어온 소리를 한 덩어리로 뭉뚱그려 볼 생각을 한다. 그러나 소리는 감쪽같이 소리를 감추었다. 소한 추위에 떨던 소리는 거실에 눌어붙은 햇볕을 쪼이느라고 범벅처럼 오글오글 뭉쳐 몸을 녹이며 떠들썩한 소리를 안으로 깊이 감추고 있는 성싶다. 그래서인지 두루뭉술한 소리의 범벅이라는 말이 슬며시 입술에 닿는다. 턱없는 생각이지만 소리에도 형태가 있다는 말을 이때만은 거듭 지껄이고 싶다.

책꽂이를 정리하듯 소리의 갈래를 하나하나 풀어볼 생각에 잠긴다. 달리 할 일이 없는 터에 이런 것도 일종의 할 일은 된다. 차량의 소리는 달리기가 좋게 조금 넓은 공간으로 옮긴다. 망치질 소리는 어제 못을 치느라고 끙끙거린 벽 아래로 밀어 놓는다.

강아지 소리는 어쩔꼬. 이웃에서 시끄럽다고 자칫하면 인터폰이라도 날아들 것 같아 마음이 쓰인다. 밋밋한 벽면엔 나뭇잎 소리를 오려 붙여야겠다.

밖에 나갔던 아내가 돌아오면 뜻밖의 차량 소리, 망치질 소리, 강아지 소리 그리고 나뭇잎이 덜렁거리는 소리에 놀라 귀를 막고 투덜댈 것임은 틀림없다. 그 투덜거림을 눈치챈 소리들이 빨리 문을 열어달라고 내 옆구리를 슬그머니 찌를 것이다. 일이 시끄럽기 전에 수습해야겠다고 도로 창문을 연다. 그랬더니 어떤 소리는 서둘러 빠져나가느라 동그랗게 몸을 만다. 마름모처럼 각을 세우며 창문을 후려치 듯 성질 급하게 빠져나가는 놈, 꼬리를 질질 끌며 버티는 고집불이 같은 놈도 있다. 그런 소리일수록 오히려 눈치가 고수인 것 같다. 사람이든 소리든 요령이 살아남는 길이 된다.

그런데 소리를 이렇게 본다는 것은 터무니없는 짓에 지나지 않는다. 하지만 소리를 보고 듣고 느끼는 또 다른 길이 될 것이라며 굳이 우긴다. 가령 달콤한 소리는 동그라미, 세모꼴처럼 쭈빗쭈빗 뿔을 세우는 소리가 듣는 귀를 어떤 낭떠러지에 떨어지게 한다는 등 나름대로 소리의 형태를 마음으로 짚어보기도 한다.

하루는 창문 앞 마른 잔디를 작은 새가 뭔가를 쪼고 있는 걸 보았다. 처음엔 참새인가 했다. 조류학에 눈이 캄캄한 나는 콩새가 돌아왔다고 무심코 중얼거렸다. 어디로 날아갔다가 하필이면 추위가 깊은 날 찾아왔는지. 콩새에게 콩이라도 던져주고 싶어 돌아서는데 어떤 불길한 낌새라도 느꼈는지 어디로 포르르 사라지고 만다. 아!, 소리에도 당연히 길하고 불길한 음색이란 것이 있다며 새가 날아간 쪽을 본다.

일방적인 생각이지만 콩새는 귀가 밝다. 작은 몸으로 살아남으려면 눈치 또한 단수가 높아야 한다. 포르르 사라지는 날갯짓 속에 사람을 섣불리 믿으면 뒷일이 재미없다는 가르침 같은 것을 은근히 새기고 있었을 것이다.

허공에 혹 찍혀 있을지도 모르는 콩새의 날갯짓을 찾는다. 허공이 한 장의 백지가 되어 거기 떠오르는 날갯짓 형상이 찍혀 있다는 느낌을 받는다. 건너편 산줄기도 허공에 새겨진 풍경 아니던가. 콩새는 귀 밝은 풍경이었음을 새삼 깨닫는다.

셋째마디

창세기 제4장을 인용하다

    사람은 역사를 낳고 역사는 오늘을 낳고 내일을 낳는다. 봄은 여름을 여름은 가을을 가을은 겨울을 겨울은 봄을 낳는다. 민들레는 낙하산을 낳고 민들레 날아가는 낙하산 부대를 낳는다. 허공은 바람을 낳고 바람에 기우는 사막을 낳는다. 수시로 날아드는 저기압과 고기압에 오늘은 흐리고 내일은 맑다. 맑은 날은 흐린 날을 낳고 흐린 날은 비를 낳고 비는 홍수를 낳고 홍수는 노아의 방주를 낳는다.

    나를 낳은 어버이, 멀고 깊은 잠에 드셨다.

해를 머리에 이고

외투처럼 나이를 하나 더 받아 챙기고 거울
에 얼굴을 내민다. 다소 꺼칠하다. 어쩌면 사부작거리는 낌새가
있다. 새해 아침이라고 얼굴이 서둘러 무슨 말을 하는지도 모른다.

사람은 해를 따라서 주기적으로 나이를 먹는다. 그러나 해는
나이를 먹지 않는다. 다행이다. 해가 나이를 먹는다면 그 나이의
주름살 때문에 햇빛은 울퉁불퉁 고르지 않을 것이다. 그런데 해
도 나이를 먹고 늙어 사라질 것이라는 생각을 하면 캄캄해진다.
알파와 오메가라는 말은 해에게만은 해당되지 않았으면 한다.
이기적인 사람의 계산이지만 천체상황은 영원히 변동 없이 한결
같기를 바란다.

정월 초하루 아침은 해마다 여기저기서 해맞이를 한다. 실은 나이맞이를 하느라 해가 떠오르는 동쪽에 눈을 준다. 다른 날은 몰라도 정월 초하루 아침만큼은 나이가 보인다. 어느 해는 바닷가에서 보고 어느 해는 언덕에서 멀리 동쪽으로 눈이 시리도록 보고 있었다. 해가 지나치게 꾸물거린다며 발을 동동거리는 젊은이도 있었다. 추위 때문만은 아닌 듯했다. 어서 나이를 먹었으면 하는 생각이 그 동동거림에 있어 보였다.

십대 초반 무렵 나도 동동거렸지 싶다. 키가 크고 힘이 센 어른이 얼른 되고 싶었다. 철없는 마음을 알 까닭이 없는 달력은 좀체 넘어가지 않았다. 엄청 지루하게 오고가는 달력 앞에서 넘어가지 않는 날짜를 한두 장씩 겹쳐 넘기고 싶었다. 십대는 십 킬로 속도라더니 느린 속도에 걸려 있었다. 그에 비하면 칠팔십 킬로 속도는 속도의 제어기에 이상이라도 생긴 듯 쏜살에 휩쓸린 듯 어리둥절했다. 십대 무렵이나 칠팔십 대 무렵이나 똑같은 해의 운행인데 마음으로 느끼는 속도라는 것이 나이가 듦에 따라 해가 뜨는가 하면 금방 일몰이다. 헐어놓으면 며칠 사이에 바닥이 드러나는 식구 많은 집의 쌀독과 같다.

해는 남녀노소를 가리지 아니하고 공평하다. 무엇을 요구하거나 안달하지도 않는다. 좋고 그르고를 따지지 않는다. 빈부를 가리지 않는다. 권력 있는 자와 없는 자를 구별하여 앞에 앉히거나 뒤에 앉히는 의자를 두지 않는다. 보수는 어떻고 진보는 어떻다며 시비하지 않는다. 권모술수를 능사로 삼는 책략가처럼 해는 빌붙음과 잔꾀를 부릴 줄 모른다. 해는 오로지 베풀 줄만 안다. 얼마를 주었다면서 그 반대급부를 전혀 바라지도 않는다. 바다 너머 바다에서, 산 너머 산에서 어김없이 솟아올라 세상을 밝힐 뿐, 해는 일체침묵과 한결 같은 모습 그대로 우주의 절대섭리자로 환하게 군림한다.

이렇게 해를 보다가 달을 생각하면 변화의 아름다움이라는 말이 입술을 비집고 나온다. 고정된 틀을 깨트려 새로운 형태를 갖출 줄 아는 달이다. 초승달에서 만월을 거쳐 그믐달에 이르는 기발하고 참신한 변화의 묘미를 갖는다. 초승달이 하늘에 걸려 있을 때 해가 달을 파먹었기 때문이라는 터무니없는 생각으로 달을 보기도 했다. 다시 살이 오른 만월을 파먹은 해는 쪽박 같

은 달을 서쪽 산마루에 걸었다. 그믐달이라고 했다.

해는 달을 먹고 새로운 힘을 얻었을까. 지상에 골고루 빛을 뿌린다. 그에 반해 달은 해에게 먹힌 몸을 추스르느라 어둠이라는 약손으로 밤새 문지른다. 혼자만의 싱거운 생각이지만 해와 달을 보는 눈에 일월오악도 같은 그림이 떠오르는 날도 있다. 그런 저녁의 달은 정서의 중심지역처럼 유달리 깊고 아늑했다. 천공에 뜨는 해와 달은 서로 공생공존하면서 우주를 섭리하는 지혜를 갖는다고 감히 말하고 싶었다.

해는 해라고 발음할 때 가장 해답다. 태양이라고 말하면 이글거리는 불덩어리가 보인다. 무슨 웅변조 같은 웅장하고 용감한 젊은 혈기 또한 차올라 가슴이 뭉클해진다.

해는 한낮보다는 저녁놀빛에 걸려 있을 때 해의 은근한 분위기를 맛볼 수 있다. 그 분위기는 가슴 깊이 갈앉는 소리 없는 커다란 소용돌이가 되어 놀빛 아래 선 사람의 마음을 흔든다. 미처 생각하지도 못한 향수 같은 것이 차올라 고개를 들면 시뻘건 놀 속으로 사라지는 시간의 발자국도 어쩌다 볼 수 있다. 마음속에 숨어 있던 질긴 병이 몸살처럼 도진다. 어느 산중에서 울리는 쇠북소리에 잠잠하던 귀가 시름시름 앓는다. 먼 천공을 스쳐가는 바람 소리도 쇠북소리를 어디론가 실어 나르고 있다. 해거름에 걸린 걸음걸이가 조심스럽다.

새해 이른 아침의 해맞이는 새로운 출발, 깨끗한 소원을 빌고 다지는 마음으로 부산하다. 누구라고 말할 것 없이 사람들은 새해 첫날 꼭두새벽의 해에 유달리 의미를 둔다. 첫날 첫회 첫걸음 첫돌 첫사랑 등 '첫'은 아무도 지나가지 않은 길에 깔린 눈처럼 눈부시게 신선하다. 첫물 과일을 소중하게 여기며 제단에 올리지 않던가.

해를 머리에 이고 덩실덩실 춤을 추는 그림 하나 그리고 싶다. 아니 그런 수필 하나 간절하게 쓰고 싶다.

주천강의 돌다리

기왕이면 돌다리를 마저 보기로 했다. 돌다리라는 말을 거듭 되뇌는 지방문화해설사는 돌다리 구경을 은근히 꼬드기는 눈치였다. 그걸 놓치고 가면 왠지 손해를 볼 것 같은 계산도 실은 마음에 깔렸다.

주남저수지에서 오리 구경을 하는 날이었다.

오리는 저수지에서 보는 것이 순서다. 그런데 일행은 점심을 하는 식당에서 오리를 불판 위에서 먼저 보고 말았다. 먹기 알맞게 잘라 뜨거운 불판에 올린 오리고기는 더 이상 오리가 아니었다. 알맞게 익어 사람들의 젓가락질에 입안으로 순순히 날아드는 것이 편하다고 모든 삶을 고스란히 관광객의 입맛에 내려놓은 오리였지 싶다. 오리에게 못할 짓이지만 오리 구경은 일정에 따라 불판을 둘러앉은 자리에서 먼저 한 셈이다.

저수지의 오리를 보았을 때는 점심으로 먹은 것이 목구멍에 걸려 미안했다. 하지만 여러 종류의 오리는 사람이 어떻게 생각 하든 전혀 관심도 없다는 듯 넓은 저수지에 군락을 지어 떠다니 고 있다. 마음이 놓인다. 덩치가 조금 육중해 보이는 하얀 고니 는 고니끼리, 왕버들에 날아 앉은 민물가마우지는 나뭇잎처럼 매달려 나무가 되었다.

오리 가운데는 텃새도 있어 더러 텃세를 하겠지만 철 따라 오 가는 철새도 때가 되면 찾아와 텃새와 어울려 주남저수지를 큰 집으로 삼는다. 텃새는 철새가 오가는 것을 보면서 철새가 물고 오는 먼 나라의 이야기를 서로 즐기는 재미도 오순도순 즐길 것 이다.

주남저수지 구경은 오리만이 아니다. 가시연꽃을 비롯하여, 매자기 창포 부들 갈대 등등 풍부한 먹이는 멀리 떠난 오리를 불러들이는 구미 당기는 먹이에도 마음이 끌린다. 사람도 입맛 을 찾아 차를 몰고 맛을 자랑한다는 먼 식당을 기웃거리지 않 는가.

저수지 바닥에는 오랜 세월이 잠겨 그것이 추억을, 역사를 말 하지 싶다. 낙조대에서 물 건너를 보면 도봉서원 쪽이 궁금하다. 화양리 쪽에서 멀리 눈을 팔면 백양마을 쪽에도 가보고자 하는 뜬금없는 욕구에 마음이 동할 것이다.

저수지에서 주천강을 따라가다가 만난 돌다리는 홍예문처럼 무지개를 걸쳐놓은 형상이다. 강물이 무지개 아래로 흘러간다. 빨주노초파남보로 물든 무지개를 이고 지나간다며 강물이 졸졸 즐거운 말을 하는 것이 귀에 들리는 느낌에 찬다. 돌다리의 덮개돌 하나를 가령 1톤 트럭에 실으면 트럭은 그대로 납작하게 찌부러져 주저앉을 것 같다. 어른 한 사람의 힘으로는 도무지 움직일 수도 없을 만큼 단단한 돌 하나하나를 층층이 포개 올려 교각을 삼았다. 그 교각을 강물이 쓰다듬으며 흐른다. 강 이쪽 기슭에서 저쪽 기슭까지 4개의 든든한 교각이 바윗덩이 같은 판판한 덮개돌을 머리에 이고 섰다. 그 인내심이 보는 사람의 마음을 찡하게 찍어 누른다. 조상의 지혜는 아름다운 유물이 되어 구경나선 후손의 입을 떡 벌어지게 한다.

덮개돌은 멍석 같은 판판한 돌이다. 돌이라기보다는 널따란 멍석을 이쪽 기슭에서 저쪽 기슭까지 4개를 길이대로 깔았다. 그 멍석을 밟고 사람들이 건너다닌다. 덮개돌을 이고 선 교각도 실은 돌다리 몸의 하체 부분이다. 하체는 덮개돌을 받치느라 좀 힘들어 보인다. 그 덕에 세월은 발이 물에 젖을 일도 없이 이 기슭에서 저 기슭으로 편안하게 오갈 수 있다. 그걸 은근히 시샘하는지 하필이면 프로메테우스가 그 교각이었는지도 혹 모른다는 어처구니없는 생각이 머리를 스쳤다. 불을 훔친 죄로 코카서

스 산에서 형벌을 받고 있던 프로메테우스의 하체근육을 그림으로 본 것이 돌다리의 교각에 겹쳐 떠올라 그걸 지우느라 혼자 머리를 가로저었다.

다리가 튼튼해야 건강하다는 말은 비단 인체만은 아니다. 언젠가 부석사에서 본 배흘림기둥은 중압감에 잠긴 육중한 기와지붕을 이고도 가뿐했다. 지식도 바탕이 든든해야 높은 지식의 탑을 쌓아 삶의 보람으로 삼을 수 있다. 뿌리 깊은 나무는 바람에 흔들리지 아니하고 꽃이 아름답고 열매 또한 넉넉하다고 〈용비어천가〉는 우매한 백성을 깨우친다.

음력 정월대보름 저녁에는 마을 사람들이 돌다리를 찾아 모일 것이다. 달빛 아래 답교踏橋놀이를 하는 인근주민들의 왁자한 웃음소리가 강물에 출렁이는 듯했다. 때를 놓칠세라. 저수지의 오리도 달빛에 끌려 강을 찾을 것이다. 답교하는 사람과 답강踏江놀이를 하는 오리와의 한때를 연상해 보는 것도 덩달아 흐뭇한 일이었다.

집에 돌아온 다음에도 주천강의 돌다리는 생각의 중심에서 좀처럼 사라지지 않았다. 주남저수지의 오리와 건너편 마을에 내려앉던 해거름에 묶인 나는 뜻밖에 프로메테우스가 되어 한동안 은근한 가슴앓이의 무게에 시달리곤 했다.

눈썰매라도 타고 싶다

눈발은 정원의 깡마른 나무에게 하얀 꽃망울을 촘촘히 매단다. 나무는 때 아닌 호사를 누린다. 며칠 뒤에 오는 성탄절 장식을 하느라고 눈은 바쁜 일손을 쉬지 않는다.

지난여름 신축아파트의 조경공사를 하느라고 서둘러 심은 나무는 그다지 상태가 고르지 못했다. 영양실조에 빠진 듯 후줄근한 나무였는데 눈발 속에서 뜻밖에 눈사람이 되어 환호를 지르는 분위기다. 생기를 찾은 나무를 보고 아이들도 덩달아 뛰어다닌다.

쑤군대는 의성음과 바람에 살짝 간들거리는 의태음을 눈발 속에서 볼 수 있는 것 또한 뜻밖이다. 반가운 누가 저 골목 끝에서 사박사박 걸어오는 소리, 또 저 강둑 너머에서는 풍금을 타는 듯 추억에 어린 소리가 환청처럼 들려 그쪽으로 마음을 두기도 한다. 시각만이 아니라 청각 또한 깊이 열고 즐기라며 눈이 타이른다.

그런 눈발이지만 고달프게 사는 사람더러 단 하루만이라도 일손을 놓고 쉬어보라고 어깨를 살짝 토닥거리는 손길이 느껴진다. 그렇게 보니 온 마을이 폭신한 솜이불이다. 그 이불 위에 눈은 순백의 꿈을 엮으면서 내린다. 이불 속에 몸을 파묻고 어릴 적의 동화라도 다시 읽어볼 생각을 한다. 눈발 속에 묻혀 백지가 된 세상은 그 백지에 무엇이든 그려달라고 하는지도 모른다.

내리는 눈발 속에서 듣는 현악연주 장면을 보는 것 또한 그럴싸한 일이다. 어쩌다 그 속에 관현악단도 있어 안단테로 내리던

음감이 갑자기 알레그로, 때로는 알레그로 콘 브리오로 이어나
가는 경쾌감에 마음이 끌린다. 먼 호른 소리가 천상에서 떨어지
는 느낌이 있어 고개를 들어 다시 나무를 본다. 목화송이 같은
하얀 꽃잎이 송이송이 가지마다 경쟁이라도 하듯 만발하다. 눈
오는 날의 축제. 그렇다고 가슴을 은근히 뜯는 라멘토소에 젖은
아픔이 없는 것은 아니다. 먼 언덕을 타고 한 채 소슬한 꽃상여
가 떠가는 환영을 보는 것도 눈발 속에서만 갖는 해프닝이다.
그렇게 보고 있으니 멀고 가까운 세상이 상여 곡소리로 은은하
게 퍼진다. 회한의 소리에 젖은 곡소리를 들으며 걸어온 길을
가만히 돌아본다.

눈은 말하나 마나 공수래공수거의 장본인이다. 비울 줄 아는
무소유의 상징이라고 할 수 있는 눈은 그가 갖는 순수 순백을

비춰주는 거울을 제 속에 갖는다. 세상의 이런저런 모습을 비추고 보면서 내리는 눈발. 온갖 부정과 불의로 얼룩진 세상을 말끔하게 지우고 역사를 다시 시작하라고 은근히 타이르는 소리도 들리지 않겠는가. 그래서만은 아니지만 눈은 눈[眼]이라는 말이와 닿는다.

하지만 눈을 이렇게 본다는 것은 눈에 대한 오류일지도 모른다. 눈은 아무런 의미도 주지 않고 쑤군쑤군 내리기만 하는데 사람이 괜히 호들갑을 떤다. 알고 보면 무의식, 무표정, 순백의 눈 아닌가. 그럼에도 내리는 눈의 어쩌면 엄숙하기도 한 분위기에 절로 빨려든다. 마음이 기쁜 사람은 기뻐서 감탄하고 슬픈 사람은 슬퍼서 괴로워한다.

눈발에도 연륜이란 것이 있는지 눈은 어느새 내 안에서 추적추적 오고 있다. 밖의 풍경이 아닌 안의 풍경을 보라고 옆구리를 슬쩍 찌르는 눈, 안을 미처 헤아리지 못한 마음이 무거워진다. 꽃잎처럼 가벼운 눈과는 달리 납덩이같은 것이 쿡쿡 쥐어박는 느낌에 찬다.

마음의 심부름꾼인 생각은 밖에서 본 것을 안으로 전달하고 안에서 일어난 일을 밖으로 내보낸다. 그래서만은 아니지만 밖의 눈과 안의 눈은 생각의 빛깔이란 것이 서로 다른 것 같다. 이를테면 밖의 눈은 솜사탕처럼 달콤하다. 꽃송이처럼 보송보송하다. 그런데 안의 눈은 어둡고 까칠하다. 만지면 퍼석퍼석한 무엇이 손바닥을 찌를 것 같다. 이렇게 눈을 보다가 에라 모르겠다, 밖에 나가 눈을 밟아볼 궁리에 끌린다.

발바닥에 밟히는 눈은 뽀도독 뽀도독하는 고전적인 소리를 한다. 오래전부터 들어온 향수에 젖은 소리다. 그런데 마음에 밟히는 눈은 소리도 없이 납처럼 무겁다. 하얀 꽃잎처럼 내리는 눈을 이렇게 본다는 것은 다소 멀뚱하다. 그러나 나이를 먹을수록 눈은 무겁게 느껴지니 눈발이 반가운 세월은 저 멀리 눈발 너머로 사라졌다고 할까.

눈을 보는 맛이 아리다. 그래서인지 좀 가볍게 보고 즐기자는 생각에 다시 마음이 끌린다. 목화송이 같은 눈이 펄펄 내리고 있다. 솜을 타던 엄마의 손이 눈발 속에 있다며 옛날을 그리워한다.

변덕쟁이나 다름없는 소갈머리 없는 생각의 추가 눈발 속에 흔들린다. 그 추에 매달려 눈썰매라도 타고 싶다.

우리 옷

네댓 살 무렵이었을까. 엄마의 손을 잡고 가는데 갑자기 회오리바람이 몰아쳤다. 엄마는 나를 넓은 치마폭으로 감싸 안았다. 무서운 개를 길에서 만났을 때도 그랬다.

치렁치렁한 치마 속에는 너그럽고 따뜻한 모성이 깃들어 있음을 그때는 몰랐다. 여성은 약하지만 모성은 강하다는 말을 엄마의 치마폭이 말해 준다는 걸 미처 깨닫지 못한 시절이다. 아기였을 때의 나를 감싸주는 엄마의 치마폭은 안전하고 편안한 대피소였다.

지하도의 대피소라는 것도 알고 보면 모성을 갖는 치마폭이나 다름없다. 위험에 마주쳤을 때 몸을 피할 수 있는 대피소는 사람을 구제하는 119이다. 길을 가는 도중에 갑자기 소낙비를 만난 적도 있다. 여기저기 돌아볼 여유도 없이 근처의 가게 안으로 냅다 뛰어들었다. 급한 사정을 알아차린 주인은 뛰어든 행인을 곱게 받아주었다. 가게는 엄마의 치마폭이라고 아잇적을 떠올리며 주인에게 눈인사를 했다.

태어나 자란 고향을 떠나 사는 사람은 수시로 찾아드는 향수를 잊지 못한다. 그렇다고 모든 걸 훌쩍 버리고 고향으로 되돌아갈 엄두는 쉽게 하지 못한다. 그리운 고향은 엄마의 치마폭이나 다름없는 곳이라며 치마폭을 눈에 그리며 예를 잊지 못하는 그리움으로 살아간다.

신문지면에서 읽은 보트피플boat people 기사는 오래도록 마음을 아프게 찔렀다. 좁은 목선에 얽히듯이 올라탄 많은 난민들이 해류에 지망없이 떠밀리고 있었다. 조금만 움직여도 크게 낭패당할 것 같은 작은 목선이었다. 물속으로 가라앉는 것은 시간문제처럼 보였다. 그러나 배 안의 사람들은 배를 탄 것만으로도 넓은 치마폭 속으로 들어간 표정이 역력했다.

보트피플만이 난민은 아니다. 세계 어디에서는 폭우에 아끼던 집을 몽땅 잃은 사람들이 덧없는 천막생활을 한다. 또 어느 지역에서는 끊임없는 전쟁으로 집은 물론 가족을 잃고 길을 헤매는 사람들로 가득 찬다. 지구촌 여기저기에서 하루도 마음 편할 날이 없는 사람들의 울부짖는 가슴 미어지는 소리가 매스컴에 가득 찬다. 그렇게 보면 치마폭을 상실한 지구인은 재앙이라는 환경을 떨치지 못하고 치마폭을 찾아 거리를 헤매는 신세가 된 셈이다.

그렇다고 몸서리치는 재앙만이 주변을 차지하는 것은 물론 아니다. 가까운 이웃 총각은 아리따운 신부를 맞이하여 싱글벙글 세상을 다 얻은 듯 환한 웃음을 지었다. 바라던 직장에 자리를 잡고 출근준비를 하느라 설렌다는 젊은이는 표정이 밝았다. 마트에서 생활용품을 안고 오는 이웃의 얼굴도 가득한 행복에 차 있었다. 뿐만 아니다. 나라에 커다란 경사가 생겼다며 풍악을 치며 거리를 돌아다니는 '농자천하지대본農者天下之大本'이라는 기다란 깃발을 흔드는 사람도 있었다.

세상살이는 고르지 않다고 입에 거품을 물고 있을 수만은 없다. 사회란 것은 서로 경쟁하고 선의의 경쟁에서 이기는 자가 그가 바라던 치마폭을 차지한다. 그 결과 이긴 자 아래 진 자가 있고 권세 번질번질한 위압 아래 그를 고분고분 따르는 순종파도 있기 마련이다. 모두 이긴 자만 있고 진 자가 없을 경우를 생각한다는 것은 난감하다.

이긴 자 아래 진 자가 고분고분 들어가 앉는 걸 보면 이긴 자는 대범한 치마폭 노릇을 하는 셈이다. 권세를 얻었다고 치마폭 아래로 들어온 사람을 함부로 나가라 어째라 할 경우 자칫 자글자글한 사달에 치마폭이 짝 찢어진다. 넓고 포근한 마음은 넓고 포근한 치마폭에서 생기는 법이라며 교양이며 수양이라는 말을 치마폭이론으로 말해도 크게 어긋나지는 않을 것 같다.

하지만 아쉽다. 우산 같은, 핵우산 같은 그 치마폭이 사라지는 현실이다. 치마폭 같은 사랑을 안다면 세상은 좀 더 넓은 아량으로 편안할 것이다. 한복치마는 그런 점 돌봄과 사랑의 상징이라고 말하고 싶다. 넉넉한 마음은 넉넉한 품에서 생기지 않겠는가. 그러나 허벅지 쪽으로 아슬아슬하게 치맛단을 끌어올리는 요즘 치마는 유행과 시대감각을 따라잡고자 경쟁하듯 호흡이 가파르다. 미니에 더 미니를 다투는 듯 마음의 여유란 것이 사라지는 느낌마저 든다.

무슨 행사장에서였다. 그 자리는 사운거리는 한복 치마저고리 물결이었다. 넉넉하고 잔잔한 웃음의 결로 도란도란한 분위기. 한복 치마저고리가 앉은 자리에는 축하라는 말소리가 아름다운 음색이 되어 은은한 아악기의 울림처럼 장내에 환하게 출렁이고 있었다.

사랑과 보호와 평화의 상징 같은 치마저고리. 치렁치렁한 치맛단에서 세상을 아름답게 다듬는 넉넉한 마음쓰임을 느낄 수 있다. 전통의상인 우리 옷이 우리 마음이다.

어느 날의 일기

입술을 모질게 다문 그는 터질 듯 미어지는 말의 폭탄을 입안에 가득 머금고 있어 보인다. 표정으로 보아서는 만만한 폭탄은 결코 아니다.

말은 입술을 비집고 밖으로 나와야 비로소 상대에게 전달되는 표현물이 된다. 입안에만 가두고 있을 경우 생각의 참뜻을 가리기 쉽지 않다. 표정으로 짐작한다고 하지만 표정을 가장하는 표정도 있지 않는가.

그의 입 속에 들어찬 말의 폭탄을 헤아려 보기로 한다. 우선 투박한 음소를 짐작할 수 있다. 그것은 경음硬音이다. 탁음이다. 아니 강철처럼 왕창 튀어 상대를 제압하는 왕방울이다. ㅋ ㅌ

ㅍ 등 탁한 음소를 생각하다가 ㄲ ㅆ ㄸ ㅃ등 온갖 격렬한 음소
와 음색을 떠올려 보기도 한다. 이렇게 일방적으로 생각하는 것
은 상대에게 무례를 저지르는 일이겠다. 하지만 누군가를 제압
하려는 앙다문 표정을 보면 그는 틀림없이 가장 난폭한 언어를
깎고 찍고 볶고 있을 성싶다.

강물만이 탁류를 품는 것은 아니다. 말에도 이런저런 탁류가
흐르고 있는 걸 보면 사람의 마음은 수시로 진흙탕으로 얼룩진
강이다. 이런 때는 누구 말 그대로 하 후 히 헤 호 등 히읗 발음으
로 입을 크게 벌려보라고 권하고 싶다. 히읗 속에는 사람의 마음
을 부드럽게 하는 음색이 꽃잎처럼 하얗게 들어있지 않겠는가.

뭔가 불쾌한 듯 다물고 있는 그의 입속에 ㅎ음소로 연결되는
말의 씨앗을 분무기로 살그머니 뿌려주고 싶다. 아니면 신경질
적인 그의 표정에 히아신스 한 묶음 바치면 어떤 표정으로 돌아
설까 궁금해진다. 비로소 그는 흰 이빨을 내비칠지도 모른다.
아니 누굴 무엇으로 생각하느냐고 오히려 기를 쓰고 난폭해질지
도 모른다.

다시 보면 그는 혹 그라고 하는 나 아닌가! 무엇이 어떻다는
것을 또렷이 분간하지도 못하면서 일의 됨됨이를 다 꿰뚫어 본
듯 이런저런 군말을 풀어놓는 꼬락서니라니. 정치하는 사람이
내편 네편을 갈라 편들기에만 급급하다는 불만을 풀어놓는다.
법을 다스린다는 사람 또한 법 해석을 시대의 흐름에 눈치를 살

피며 일부 계층의 구미에만 맞추려 한다는 울분을 속으로 터뜨리기도 한다. 정의는 강자에게 있고 약자는 강자에 물려 질질 끌려 다니는 꼴이라는 등 상을 찌푸리며 핏대를 세우는 날도 어쩌다 있었다.

부정을 저지르고도 오히려 태연한 사람은 법을 알고 법을 달달 꿰뚫어 법을 손안에 넣고 버무릴 줄 아는 모사謀士인 것 같다. 빠져나갈 구멍을 미리 알기에 그에게 법은 오히려 편안한 은신처가 된다. 법이 그를 보호해 주니 간이 부을 대로 붓는다. 법원 검찰청 경찰서 이런 이름만 들어도 오금이 저리는 처지에 찻길을 무단횡단하고 시침을 뗀 적이 한두 번이 아니다. 이러고도 남더러 이러니저러니 말할 구실은 더더구나 없다.

언젠가는 매표소에서 지루한 줄을 서 있을 때였다. 내 앞에 건장한 젊은이가 둘 저리 비껴, 호령이라도 치듯 막무가내 끼어들었다. 나에게 잠깐 이상한 눈웃음을 쳤다. 눈웃음에 놀란 것은 아니지만 나는 뒤로 성큼 물러서고 말았다. 마음은 그다지 개운하지 못했다. 하지만 근육이 당당해 보이는 젊은이의 행동에 어찌할 말대꾸는 나오지 않았다. 내로라하는 지식인이란 자도 남을 짓밟고 올라서고자 눈꼬리에 살살 비루한 웃음을 단다. 윗사람의 환심을 사느라 온갖 알랑방귀로 살살거려 남의 자리를 홀랑 먹어치우는 비겁한 얌체머리가 종횡무진 득세하는 판국이다.

젊은이가 설령 눈웃음을 치지 않았더라도 물러서야 했다. 어설피 굴다가 혹 쌍시옷으로 둔갑한 험한 말이 날아와 내 심장에 꽂힐지 모른다. 좋은 게 좋다. 다소 어처구니없는 약자의 생각을 입안으로 꾹 삼켜야만 했다.

공, 공空

굴러가던 축구공이 울타리에 걸려 꼼작도 하지 않는다. 울타리는 굴러가는 것의 정지선인 것 같다. 바람은 울타리를 모른다. 구름 또한 울타리는 물론 산과 강을 가뿐하게 타고 넘는 재주를 타고 났다.

굴러가는 공은 재주를 타고나지 못했다. 멈춘 장소에서 누가 찾으러 올 때까지 캄캄하게 웅크리고 있어야 한다. 재주 없는 것의 비애를 공에게서 보는 건 미처 예상하지 못한 일이다. 그런데 재주는 마음에 달린 것만이 아니다. 신명은 때로 재주가 된다. 눈에 보이지 않는 재주는 사람의 마음을 둥둥 뜨게 한다. 그러나 공은 신명이란 게 어찌 생겼는지 전혀 알지 못한다. 공을 차고 노는 아이들이 떠드는 신명에 들뜬 소리조차 듣지 못하는 귀머거리다.

신명과는 거리가 멀었던 나도 공처럼 삶의 울타리 아래 엉거주춤 갇히고 말았다. 울타리 아래 고만고만하게 자라는 잡초 속에 퍼질러 앉은 우두커니 신세로 전락했다. 누가 밟으면 밟히는 대로 허리 꺾이는 엉성한 몰골은 구름이 되지 못하고 새가 되지 못했다. 신명이란 것이 먼 거리 저쪽에서 쯧쯧 나를 약 올리고 있었을 것이다.

며칠이 지나도 아무도 찾아가지 않는 공은 울타리 아래 잡초를 깔고 잡초에 쉬엄쉬엄 길들어 간다. 나 또한 울타리 아래 웅크린 작은 공 같은 노숙일진露宿日辰에 길든 멍청한 백수다. 흔히 말하는 무념무상無念無想이니 무소유 어쩌고 하는 과분한 치레는 전혀 아니다. 찌그러져 가는 공처럼 방안에 틀어박혀 세월을 까먹는 처지는 아무리 생각해도 늘품 없는 구닥다리 장애물에 지나지 않는다.

글쓰기는 구닥다리의 처지를 달래는 놀이라며 아무도 알아주지 않는 싱거운 말을 혼자 떠벌린다. 남이야 뭐라고 입방아를 찧든 옹고집쟁이처럼 귀를 닫고 글을 철봉대 삼아 매달린다. 글의 처지에서 보면 눈살 찌푸릴 궁상스런 짓이다. 하지만 내가 있고 글이 있었지 글이 있고 내가 있었냐 하고 이기주의나 다름없는 오기를 부리는데 이 또한 재주라고는 전혀 없는 멍청한 말이 아니겠나.

울타리 아래 주저앉은 공을 더 깊이 생각하기로 한다. 그런데 뜻밖에도 공은 공空이라는 말놀이에 걸려 울타리 아래 있던 공이 마음에서 펑 터진다. 그러고 보니 공은 처음부터 울타리 아래 없었다며 씨알도 먹히지 않는 담론놀이라도 하듯 마음이 삐딱해진다. 존재의 사라짐이란 말이 느닷없이 튀어나온다. 공을 두고 이러고저러고 하는 말투 속에는 공처럼 삶의 울타리에 갇힌 나를 감추려는 비겁한 속임수는 혹 아닐까 싶다.

공은 공空의 참뜻을 새기며 마음을 둥글게 닦으라고 혹 눈에 띄었을 것만 같다. 그런데 이런저런 궤변이나 어수선하게 늘어놓고 있으니 이 참, 참괴慙愧한 노릇이다.

이런저런 생각 다 걷어치우고 공을 찾아와서 통쾌하게 차 올려 보고도 싶다. 비로소 신명을 얻은 공이 허공 높이 허발나게 날개를 펼 것이다. 그 아니 즐거운가.

물 건너간 명심보감

       냉장고를 뒤졌으나 입에 넣을 만한 것이 보이지 않는다. 김치냉장고를 열어보기로 한다. 그곳엔들 뭐 뾰족한 게 있을 까닭이 없다. 없는 것으로 차 있는 냉장고와 김치냉장고는 하릴없이 전기요금이나 따먹는 애물단지라는 생각을 잠시 한다.

  돌이켜 보면 나 또한 입맛에 맞는 먹을거리를 갖지 못한 냉장고에 지나지 않는다. 끼니를 꼬박꼬박 챙기며 사는 처지는 밥이나 축내는 식충으로 전락됐다. 조금이나마 생산적인 일에 손을 대고 싶지만 젊은이의 몫을 가로채는 것만이 아니라 그런 수단도 물론 없다. 나이 든 처지는 나이에 알맞게 살아야 손가락질을 받지 않는다는 말은 수없이 듣고 있다.

전에 나가던 일터가 때로 꿈에 나타나 아직도 일터에 나가고 있다는 착각을 한다. 그러나 꿈에서 깬 현실의 나는 외톨이나 다름없는 완전 백수신세다. 김종필 전 국무총리는 자의반 타의반이란 명언을 남겼지만 말단 직장인에 지나지 않았던 내 경우는 아끼던 직장출입증을 타의에 따라 일방적으로 반납해야 했다.

입이 냠냠할 때는 군것질로 즐기던 무슨 피넛이며 호도 맛을 아쉬워한다. 어떤 군것질거리는 당분이 많으니 칼로리가 높으니 하고 아내의 잔소리를 귀에 담게 된다. 아내가 어디 나들이를 하면 잔소리의 간섭에서 벗어난다. 드디어 내 세상이다 하고 마음 놓고 냉장고를 뒤지거나 찬장을 발칵 뒤엎는 쥐가 된다.

그렇다고 군것질에만 눈독 들일 수는 없다. 기력이 허용하는 한 젊은이와 함께 이웃과 사회를 위한 길에 나서야 하는 것이 장수시대의 노년정신이라며 그다지 요령도 없으면서 뭘 좀 잘난 척하고 싶다. 만약의 경우 사회가 문란할 경우 사회를 위한답시고 봉사정신에 앞장설 각오도 가져야 한다는 느끼한 생각을 한다. 봉사정신은 젊은이의 몫만은 아니지 않는가 하고. 나이 들어 젊은이와 함께 젊은이의 일을 뒷전에서나마 작은 받침대가 될 수 있다면 그 또한 아름다운 삶이라는 어설픈 잣대를 댄다.

젊음은 향기 좋은 꽃이며 그 열매다. 반면 늙은이는 시들어 떨어진 꽃이다. 하지만 '낙환들 꽃이 아니랴 쓸어 무삼하리요'라는 고시조 구절은 나름 위안을 준다. 꽃이 진 자리에 매달린 열매는 낙화라는 꽃이 남긴 유산임을 안다. 그제야 비로소 무언가를 이루었다는 작고 어수룩한 자부심이나마 갖게 된다.

컴퓨터를 열었더니 안이비설신의眼耳鼻舌身意를 유념하고 조심하는 삶이라야 올바른 생의 값을 지킬 수 있다는 내용이 들어 있다. 몸을 돌아보게 하고 마음을 다시 가다듬을 수 있도록 실천하는 의지를 새삼 심어준다. 아는 길도 물어가라고 했겠다.

못난 처지에 이쪽에 있으면 저쪽이 궁금하고 저쪽에 있으면 이쪽이 궁금하다. 책갈피를 넘길 때 역시 앞쪽을 읽으면 그 다음 쪽이 궁금하다. 냉장고를 뒤질 때도 아래칸을 뒤지면 위 칸이 궁금하다. 안이비설신의를 지키지 못하는 구차스런 일이다. 하지만 궁금증은 때로 나를 키우기도 했다. 가령 벽 틈에 끼어 있는 햇빛을 볼 때도 그랬다. 날카로운 송곳 같은 햇빛이 벽 틈에 몸이 끼어 나오지 못했다. 햇빛이 일부러 몸을 끼우고 있었을까. 이 또한 이상한 궁금증이었다. 당치도 않는 궁금증이겠지만 그것이 나름 상상력 있는 엉뚱한 모습으로 나를 키운다는 착각을 했다.

착각하면서 사는 삶이 설사 손해를 보는 경우가 있더라도 때로는 착각하면서 사는 재미도 그럴싸하겠다. 착각은 자유라고 하지 않던가. 착각. 무슨 군말이 필요하겠는가. 여러 소리 다 거두고 찰칵 입에 자물쇠를 채워야겠다.

이런저런 속박을 기꺼이 감수하는 것 또한 아름다운 삶의 길이다. 젊었을 적의 기백만 생각하고 처신한다면 다른 사람의 눈에 가시가 될 수 있다. 노인은 노인답게라는 말을 마음에 새겨야 하는데 때로 불뚝하는 심사가 순간 나이를 까먹는다. 수양이 모자란 탓이라고 스스로를 타이른다.

자중자족自重自足.

요즘에 자주 짚어보는 나만의 ≪명심보감≫이다. 그러나 군것질을 하고자 냉장고를 뒤질 때만은 이 ≪명심보감≫도 물 건너간 꼴이 된다.

계절 감상법

창문을 열자 후덥지근한 바람이 다투듯 거실로 밀려든다. 아스팔트 바닥이 뜨거워 발 붙일 곳이 없다고 바람은 창문 열어주기를 기다리고 있었던 셈이다. 에어컨을 끈 거실인들 바깥바람을 시원하게 맞아줄 처지는 물론 아니다.

연일 섭씨 40도를 넘보는 무더위는 사람을 가만 두지 않을 기세다. 몸에 물을 끼얹는 샤워를 하고 나오면 금방 등에 달라붙는 것이 있다. 화덕의 숯불을 엎질러 놓은 듯 후덥지근한 열기가 끈끈하게 달라붙는다. 무더위는 사람의 인내심을 시험하는 것 같다.

무엇을 생각하고 그걸 또 풀어내고 어쩌고 하는 머릿속의 구조를 무더위가 지근지근 밟아버린다. 몸이 나른하게 퍼진다. 머리는 머리, 팔은 팔, 다리는 다리 등 따로따로 분리해 놓은 해체현상을 실감하게 된다. 무더위가 사람의 몸을 해체하다니, 서둘러 시원한 냉수 한 사발을 벌컥벌컥 들이켠다. 폭염의 폭력에 당당하게 맞서야 하지 않겠나.

폭염은 무더위라는 맹독을 입힌 날카로운 화살이다. 한두 개의 화살이 아닌 수백 수천 개의 화살이 일제히 사람의 몸을 앞뒤 가릴 것 없이 마구 찔러댄다. 이마, 가슴, 팔과 다리 등 무차별공격이다. 그 서슬을 이기지 못한 몸에서는 땀방울이 송글송글 굴러 떨어진다. 수분을 빼앗긴 몸은 힘없이 풀어진다. 또 목이 탄다. 나른하게 마룻바닥에 퍼진다. 잠의 수렁이 슬그머니 아가리를 벌린 채 사람을 꾄다는 느낌이 든다.

(쇠불알처럼 처진 검은 쓰레기봉지는 아낙네를 따라 음식물 쓰레기통 쪽으로 달랑거립니다. 걸음을 서두는 아낙네의 머리칼이 햇볕에 지글지글 끓어오릅니다. 한낮 내내 아파트마당에 줄지어 선 자동차는 끓어 넘치는 가마솥입니다. 가마솥에 앉았던 땡볕이 깜짝 놀라 엉덩이 데일라 후닥닥 털고 도망칩니다. 뚜껑이 뻥 터지는 폭발음을 품에 안은 가마솥입니다. 위험물 취급업소의 접근금지 품목입니다.)

여름날의 산책은 주로 아침녘에 한다. 해가 뜨면 해를 따라온 무더위가 산책길에도 깔려 걸음을 힘들게 한다. 무더위와의 싸움. 선풍기를 틀거나 에어컨을 틀어놓고 죽치고 있을 수만은 없다. 몸이 편한 것은 마음이 편하지 않는 일이다. 몸은 될수록 움직이지 말자고 하는데 마음은 움직여야 한다고 몸을 일으켜 세우려 한다. 몸과 마음이 따로따로 노는 계절이 여름이기도 하다. 겨울이라고 다를 것은 없겠지만.

봄과 가을은 몸과 마음의 의논이 찹쌀궁합처럼 잘 맞는 계절이다. 이렇게 계절을 몸과 마음의 편으로 갈라 붙이면 봄가을 대 여름겨울이라는 대립구조를 보게 된다. 계절에도 극과 극이라는 대립각이 있어 여름의 무더위와 겨울의 혹한이라는 이분법 또한 생각하게 된다. 그런 점 봄가을은 이를테면 화해와 환희의 계절이라고 하겠다. 그에 반하여 여름의 무더위는 사람을 해면체처럼 조각조각 풀어헤치는 해부학 교실이다. 겨울은 또 어떻

고. 겨울 속에는 얼음처럼 날카롭고 딴딴한 송곳이 사람의 몸을 여기저기 찔러대지 않던가. 줏대머리 없는 생각은 또 있다. 여름은 눈발이 날리는 겨울이 그립다고 아우성이고, 겨울은 또 콸콸 쏟아지는 폭포 아래 서서 등짝을 내리찍는 시원함을 실없이 그리워한다.

어느 계절이든 그 계절마다의 아름다움은 있다. 봄은 봄대로 가을은 가을대로 사람의 마음을 바깥으로 불러낸다. 극단주의자 같은 여름과 겨울이지만 그 속에는 곡식이 자라 익는 소리와 수확한 곡식을 사람이 먹고 살기 편하게 저장하는 인자함을 보여준다. 여름은 뜨거워서 좋고 겨울은 추워서 좋다고 말하기로 한다.

두 마리의 소가 쟁기를 끌고 간다. 어느 소가 일을 더 잘한다고는 말하지 않아야겠다.

가을 청도

청도의 가을은 불꽃처럼 달아오르는 열병을 앓는다. 옻독처럼 문드러진 상처를 벅벅 긁는 열병, 숨 쉴 수 없을 것 같은 지독한 홍역을 청도의 가을은 앓는다. 숨찬 열병과 함께하고자 옻독처럼 붉은 감나무밭에 발을 들여놓는다.

관광지도를 펼쳐놓고 여기는 내시들이 살던 집, 또 저기는 석빙고 등 청도지방의 여기저기를 눈여겨 짚어본다. 전에 보았던 고찰古刹의 기와지붕에 자라는 이끼며 금이 간 기둥 틈새로 드나드는 바람을 마음으로 만져보는 느낌 또한 달콤하다.

부산불꽃축제가 광안리 바닷가에서 열리던 때였다. 발 들여놓을 틈도 없는 바닷가 모래밭에서 짧은 고개를 쭉 빼고 허공에 펑펑 터지는 밤 불꽃을 보는 호사를 누렸었다. 허공에서 불꽃이 터질 때마다 가슴에 닫혀 있던 아픔이며 고뇌며 절망 같은 것이 펑펑 터져나가는 느낌이었다. 소리의 손바닥이 닫힌 가슴을 약손처럼 쓰다듬는 감흥에 찼다.

어릴 때 자주 무당굿을 본 기억이 불꽃놀이에 떠올랐다. 무당은 밤새 징을 치고 꽹과리를 두들겼다. 그것은 일종의 소리요법이기도 했으리라. 소리에 놀란 잡귀가 몸을 빠져나가는 것이라는 생각이 들었다.

불꽃놀이를 보면서 무당굿을 떠올리는 것은 터무니없는 연상이다. 하지만 펑펑 터지는 소리에 놀란 경제침체며 사회불안이라는 귀신딱지가 알게 모르게 사라질 것이라는 통쾌한 생각이 드는 건 어쩔 수 없었다. 그것을 증명이라도 하듯 불꽃놀이 축제 부근의 먹거리 가계가 한때나마 손님으로 북적거리는 호황을 누렸다.

움직여야 몸의 건강을 유지할 수 있다는 말은 경제에도 그대로 적용된다. 사람들이 부지런히 안팎에서 움직여야 사회에 활기가 돈다. 집안에 죽치고 사는 처지는 경제활동에 아무런 도움도 되지 못하는 엉거주춤한 걸림돌이다.

책만이 길이 아니다. 길거리가 이런저런 교과서다. 생각을 일깨우고 그 생각을 또 다른 생각의 가지로 뻗어나게 하는 삶의 현장감이 길에 있다. 오가는 사람들의 걸음걸이 또한 경제생활과 맥이 닿아 있다. 그가 하는 일을 길에서 구상하고 손익계산서 또한 길에서 매듭을 지을 것이다. 그런 점 불꽃놀이 마당은 사업구상을 위한 이런저런 길이다.

태초에 빛이 있었다는 말을 흉내 내듯 태초에 길이 있었다고 말을 중얼거려 본다. 빛은 빛의 알인 길을 품는다. 빛이 길을 낳고 그 길이 천지사방으로 뻗었다. 아무 내세울 것도 없는 내 출발점 또한 길에서 시작되고 길에서 뭉클한 옻독을 온몸으로 받아야겠다.

다음 가을 어느 날 다시 청도에 가서 옻독이나 다름없는 붉은 감나무 아래 서고 싶다.

낡은 구두

　　신발수선 가게가 늘어나는 걸 보면 경제사
정을 대강 짐작할 수 있다. 좀 잘나갈 때는 웬만한 구두는 그냥
버리는 것이 편했다. 하지만 사정이 어려워지자 낡은 구두를 들
고 수선가게를 찾는다.

　길거리 모퉁이에 앉은 작은 가게는 굳이 간판을 걸지 않아도
손님이 먼저 안다. 뾰족한 하이힐 뒷굽이 갑자기 떨어져 난처한
경우 신발수선가게는 고마운 구세주가 된다. 구두를 반질반질하
게 유리구슬처럼 광을 낼 줄 아는 곳도 신발가게다.

　뒷골목 어디에서 '구두 딱' 하는 구두닦이 소년의 목소리가 자
주 들리곤 했었다. 그 소리는 어느새 작은 수선가게 안으로 둥지

를 틀었다. 거리에 사라진 것을 말하자면 열쇠장수가 또 있다. 가슴과 등에 주렁주렁 자물쇠 꾸러미를 달고 다니던 자물쇠장수는 자물쇠로 치장한 샌드위치맨이었다. 소화제인 활명수를 외고 다니던 사람, 그는 늙은 풍각쟁이를 연상케 했다. 엿판을 메고 다니며 엿가위를 두들기던, 엿처럼 찐득찐득 재치 있는 사투리가 그리운 시절도 있다.

이른 새벽부터 장사하는 사람의 목소리가 좁은 골목을 깨웠다. 철따라 이런저런 생선을 이고 다니던 생선장수, 겨울저녁에는 찹쌀떡이 작은 창문 아래를 지나갔다. 찢어진 문풍지가 그 소리를 받아서 울리곤 했다.

회상은 그리움과 새로움으로 가는 길이다. 그리움을 찾아 과거로 돌아가 웅크릴 수 없지만 때로는 지난날을 되짚어 보는 일이 새로움을 낳는 길이 된다. 법고창신法古創新이라고 하지 않는가. 과거 속에는 현재를 위한 도움말이 있다. 과거를 익히고 현재를 더욱 새롭게 다듬질하고자 이런저런 역사책 갈피를 들춘다. 닫혀 있지 아니하고 열려 있는 책갈피, 그 속에 동서남북을 말하는 지혜가 있다. 하기에 역사는 지혜의 창고이다. 창고를 지키고 다스릴 줄 아는 자가 사회를 이끌고 나라를 이끄는 주인공이 된다.

신발수선가게에 둘러 구두 밑창을 고친 적이 있다. 새까맣게 구두약이 묻은 손으로 수선공은 밑창을 말끔하게 갈아 주었다. 손가락마디가 툭툭 불거진 새까만 손에 구두를 만질 줄 아는 지혜가 들어 있었다.

산다는 것은 새로운 지혜를 찾아내고 그 지혜를 다음 세대에게 물려주는 일이다. 책은 그 내용을 위한 좋은 지킴이이다. 종이책만이 아니다. 요즘은 전자책이 재빠른 지킴이 구실을 한다. 넓고 깊은 인류의 역사처럼 그 많은 내용은 이런저런 길을 따라 사이버공간이란 상자 안에 숨바꼭질하듯 꼭꼭 숨어 있다. 그걸 찾으려고 가위 바위 보 하듯 마우스를 이리저리 굴린다. 어린 시절의 술래잡기 놀이가 골목 어디서 툭 튀어나온다. 그리움은 사이버공간 속에 있다고 평소 하던 말을 되풀이해 본다. 종이책은 그것을 정적靜的으로 말하고 e책은 동적動的으로 말한다. 정과 동 사이를 오가는 사람의 마음은 때로는 한적한 숲 속에 있고 때로는 분주한 도시 가운데 있다.

길거리에 책을 깔아놓고 우두커니 서 있는 사람이 있었다. 종일 한 권도 팔리지 않는 책 꾸러미는 날이 어두워진 다음 어둠 속에서 허둥댈 신세가 따분했다. 어쩌면 쓰레기를 걷어가는 인부의 갈퀴에 무더기로 끌려갈 것이란 예감이 드는 건 마음 아팠다. 일제 강점정책에 맞서 싸우다가 포승줄에 묶여가는 독립투사를 무더기로 처분될 안타까운 사정에 놓인 책에서 떠올린다면 하나만 알고 둘은 모르는 격이 되겠지만.

누구라 할 것 없이 형편이 어려워지면 아끼던 물건을 처분한다. 소중한 책을 길거리에 내놓아야 했던 책 주인의 표정이 책갈피마다 구겨진 삽화처럼 어둡게 깔려 있을 것이었다. 낡은 구두를 들고 신발수선 가게로 갔을 때의 내 표정이 어쩌면 그 삽화 아니겠나.

찢어진 삽화.

신발장 안에는 오래된 낡은 구두가 두엇 있다. 자리만 차지한다고 아내는 이따금 얼굴을 찌푸린다. 그러나 살아온 내 길을 그 구두가 기억하고 있다면서 함부로 버리지 못한다. 누가 뭐라고 하든 오래된 것은 추억이 되고 추억을 돌아보는 길이 된다. 낡은 구두는 내 책갈피이며 추억 파일임을 새삼 깨닫는다.

물그릇을 든 채

아파트 2층 거실에 앉아 있으니 잎을 살랑거리는 정원수가 눈에 닿는다. 집을 옮길 때 몇 개 되지도 않는 화분을 이웃에게 넘기길 잘했다.

거실에는 오래된 소파 하나, 텔레비전 하나, 그리고 바깥세상과 연결되는 전화기가 한 대 있을 뿐이다. 다분히 실용적이며 기계적인 것만 오도카니 거실공간을 차지한 셈이다. 이건 아무래도 좀 딱딱하고 밋밋하다. 이웃의 어느 집은 대엽풍란이며 보세란과 상록수 분재 등으로 어울린 거실의 품격이 의젓한 주인의 성품을 닮은 듯했다.

기계적인 거실은 뭔지 냉정하고 단순한 맛이 인정머리라고는 없어 보인다. 그러나 비어 있는 공간미를 즐긴다면서 건조체나 다름없는 거실에 엎드려 신문을 뒤적거린다. 남들처럼 말 주변 머리도 없는 처지는 거실 밖의 정원이 화분이라는 등 붙임성 없는 혼자만의 생각으로 거실에 따로 분을 들여놓을 엄두는 내지 않는다.

분을 들여놓으면 그날부터 성가신 일이 하나 더 불어날 것은 뻔하다. 분 속의 식물을 돌보느라 때를 맞추어 물을 주어야 한다. 햇볕이 어떠니 바람받이가 어떠니 하고 분의 비위를 맞추어 주는 등 어쭙잖은 관심으로 가끔은 살살거려야 한다.

전에는 23층에 살았다. 베란다에서 아래로 내려다보면 조금 어질어질한 기분이 들어 남들이 로얄층이니 어떠니 했지만 그다지 마음에 들지 않았다. 아래로 곤두박질칠 경우 사람이건 뭐건 산산조각이 날 것은 틀림없어 보였다. 고소공포증을 갖는 나는 좀처럼 베란다 난간에 서지 않았다. 화분도 그런 것 같았다. 베란다에 둔 난분은 내가 귀하게 여기는 줄도 모르고 어느새 시들시들하더니 기운을 놓고 말았다.

난분 몇 개도 올바로 간수하지 못한 나는 될수록 난분은 갖지 말아야겠다는 다짐을 했다. 그런 나에게 뜻밖에 또 난분이 들어왔다. 거실 공간이 허전하다고 여겼는지 참하게 생긴 보세란 분 하나를 안겨주는 지인이 있었다. 2층은 땅과 가까워 땅기운을 쉽게 받아 난이 팔팔하게 자랄 것이라며 그는 내 품에 분을 안겨주었다. 갑자기 난분 임자가 된 처지는 지인의 고마운 마음을 생각해서라도 난에게 알맞은 부지런을 떨어야 했다.

난분 혼자 두기는 허전한 느낌이 들어 그 곁에 수석 한 점을 앉혔다. 난과 수석은 제법 어울리는 친구다. 난은 수석을 보면서 혼자이던 외로움을 달래는 듯하고 수석은 난의 푸른 기운을 받아 딱딱한 돌의 성질을 부드럽게 닦는 듯했다. 그건 난과 수석의 아기자기함이라는 등 입방아를 찧으면서 난이 목마르다 싶으면 쪼르르 달려가 물을 주었다.

난을 차지한 거실 또한 여느 때와는 다른 분위기를 즐기는 듯하다. 무뚝뚝하던 거실이 갑자기 생기를 띠고 티브이 소리도 한결 나긋나긋한 맑은 목소리로 뉴스를 알려 준다. 그것은 난분 효과나 다름없는 새로운 분위기라며 눈으로 가만히 난을 쓰다듬는다.

무슨 일이든 일에는 인연이 있고 그 인연과 잘 사귀는 지혜가 요구되는 법이라며 그다지 사교성도 없으면서 있는 척 난분 주위에서 어정거린다. 난분은 거실 밖의 나무와도 그새 안면을 튼 것처럼 보인다. 거실 밖의 나뭇가지가 바람을 타고 살랑거릴 때면 난도 덩달아 잎을 살랑거리는 반응을 보인다.

착각하면서 산다는 말이 내 경우에 딱 들어맞을지 모른다. 그 착각이 수시로 마음을 설레게 한다. 착각이 자라서 싱싱한 반응이 되고 반응이 자라서 싱싱한 착각이 되리라는 어처구니없는 혼자만의 꼭지 덜 떨어진 수다도 늘어놓는다.

이상한 허욕이 또 마음을 뒤집는다. 난분 곁에 소나무 분재나 뭐 또 그런 종류 한두 개쯤 들여놓아도 좋을 것 같다며 소갈머리 없는 처지는 다 까먹고 느릿느릿 분재가게를 기웃거리는 환상에 빠진다. 그때마다 그동안 까맣게 잊고 있었던 마음을 비우라는 말을 다잡아 되새긴다. 난분 하나도 제대로 간수하지 못하는 주제에 허욕을 부리다니. 아무리 좋게 보아도 헛된 물욕주의가 목구멍을 차지한 낯간지러운 짓임에 틀림없다.

어느 집이든 거실은 그 집의 중심이다. 며칠 전에는 거실 벽에 시계를 걸었다. 시간을 딱딱 지키면서 사는 형편은 아니지만 난분에 눈을 팔다가 문득 고개를 들어 벽면의 시계를 본다. 시간과 거의 인연을 끊

고 사는 처지에 오늘은 몇 시쯤 등산길에 올라 팔다리를 흔들다
가 오겠다는 등 어설프나마 시간개념이란 것에 조금 신경을 쓴
다. 계획생활과는 거리가 먼 주제머리에 때로는 계획의 끈에 매
달린 나를 본다. 그럴 때마다 끈을 늦추거나 당기거나 하면서
사는 처지를 자화자찬하듯 내 안의 엄지손가락을 치켜세운다.

시간을 모를 것 같은 난분도 때가 되면 물을 달라고 아우성이
다. 난의 구미를 맞추느라 고분고분 고개를 끄떡이며 물그릇을
들고선 나는 영락없는 종이다. 내가 종이 될수록 난분은 기운이
팔팔하여 거실을 환하고 푸르게 쓰다듬는다.

아니나 다를까, 난은 편작扁鵲이다. 물그릇을 든 채 나는 편작
의 진맥을 기다리고 있다.

세상을 배워야겠다

오슬오슬한 한기가 병치레처럼 무겁게 몸에 파고든다. 이런 때 검은 구름은 아무리 좋게 보아도 심술덩어리다. 음흉한 심술쟁이처럼 종일 해를 독차지하고 자리를 비켜줄 생각은 하지 않는다. 바깥바람은 한 점도 얼씬거리지 못하게 창문 단속을 한다.

우수니 경칩이니 봄이 눈앞에 보인다고 달력은 말한다. 하지만 실제 몸에 닿는 온도는 여전히 몸이 떨리는 오슬오슬한 맛 그대로다. 옷차림을 섣불리 가볍게 할 수도 없다. 한겨울에 입던 두툼한 옷을 껴입은 그냥 밖에 나가야 마음이 놓인다.

한 차례 비가 지나가면 기온에도 설마 변화가 있을 것이라며 비를 기다리기로 한다. 믿는 도끼에 발등 찍힌다는 말이 떠오르긴 하지만 비가 지나가면 그만치 봄기운이 성큼 앞에 다가와 있을 것이다. 해를 가리는 심술쟁이 같은 검은 구름이지만 구름에서 쏟아지는 비는 때로 추위를 가셔주는 역할도 하니 구름더러 이렇다 저렇다 섣불리 원망하지 않아야겠다.

봄은 봄대로 넉넉하게 뜸을 들인 다음 '출,춘양'出, 春陽하는 홀을 들고서야 어여쁜 춘향아씨처럼 사뿐사뿐 나타날 것이다. 지난해였다. 포근한 기운이 아스라하게 돋을 무렵 서둘러 핀 목련 꽃이 오지게 시커먼 매를 맞았다. 봄기운을 타고나온 꽃을 시샘하는 심술쟁이바람이 확 밀어닥쳐 꽃잎을 축출하게 난도질을 해버렸다. 타박상 같은 멍이 들어 아파하는 꽃잎을 보고만 있을 뿐 달리 손을 쓸 도리는 없었다. 미처 망울을 터뜨리지 못한 것

마저 흑사병을 앓는 꼴이 되고 말았다. 치유가망이 없다는 새까맣게 찌그러진 어느 환자의 얼굴을 꽃샘추위를 앓는 목련꽃에서 연상하곤 했다.

구름은 금방이라도 비를 풀어놓을 듯 팽팽하다. 겨우내 깐깐하게 얼어 굳은 땅이 비를 먹고 조금은 빗장을 풀어 주기는 할 것이다. 하늘과 땅의 약속이 잘 이루어져 벗은 나뭇가지에도 연한 빗방울을 보내어 새 움이 트도록 도울 것이다. 땅속의 파충류가 놀라지 않게 조심스럽게 비는 내릴 것이다. 그래서만은 아니겠지만 봄비 오는 소리는 얌전하기로도 이름이 있는 여인의 발걸음 소리이다.

거기 비하면 여름의 장대비는 성깔 사나운 폭군 행세를 서슴없이 저지른다. 지상을 저벅저벅 짓밟고 나무를 쓰러뜨린다. 폭

우는 갑작스런 홍수가 되어 논밭을 깎아먹고 단단히 버티던 가옥마저 한달음에 쓸어버린다.

어느 해 늦가을이었다. 계절의 순리를 따라 낙엽수 잎이 떨어지고 있는데 봄에 핀다는 벚꽃이 뜻밖에 피어 있었다. 야산의 벚나무는 치매현상을 앓고 있었을까. 가을에 핀 벚꽃을 보면서 마음은 그다지 상쾌하지 못했다. 순리를 거스르는 꽃에서 꽃의 아름다움을 느낄 수 없는 건 나만의 잘못된 생각이었는지 모른다.

하지만 나무에게도 역발상이란 것이 있다는 짐작에 순간 인습에 젖은 생각을 돌려야 했다. 계절의 순리를 거슬러보자는 오기 같은 것이 벚나무에도 있었을 것이다. 봄에만 피는 관습에서 벗어나자고 나무는 마음을 고쳐먹었을 것이다. 벚나무의 의지는 소심한 나를 일깨우는 일이나 다름없었다. 감히 저지르지 못하는 반역성을 나무가 가르쳐주지 않던가.

틀에 매인다는 것은 아무리 좋게 보아도 늘품이라곤 없는 따분한 짓이다. 그런데 심약한 처지는 틀에서 벗어나길 두려워했다. 틀이 절대적인 안정된 몫이라고 믿은 결과는 틀에 살고 틀에 죽는다는 어처구니없는 고집통 울안에 못을 쳤다. 그 못에 나를 걸어 두어야겠다는 소심한 생각이 들었다. 나를 옹색하게 하는 족쇄가 틀임을 미처 깨닫지 못했다, 틀만이 오직 기댈 언덕이라고 다른 생각은 다 마다하고 미련스럽게도 틀에 매달리는 우를 범했다.

만약 계절이 계절의 틀에서 벗어난다고 가정한다면 예기치 못한 일이 일어날 것이다. 옷장에서 금방 겨울옷을 꺼내다가 다시 여름옷으로. 여름옷에서 봄옷으로 갈아입는 변덕을 부리느라 어리벙벙할 것은 틀림없다. 야산의 초목은 또 어떻고. 그런 점 춘하추동의 질서 있는 순환은 사람의 마음에 안정을 준다. 세상에는 틀을 깨트려야 하는 것과 깨트리지 말아야 할 것이 따로 있음을 해와 달이 말한다.

　이런저런 뚱딴지같은 생각에서 참신한 무엇이 툭 터지는 길은 없을까. 천공에 뜬 초승달이 보름달로 옮아가는 달의 변신처럼 억지스러움이 없는 자연의 황금비율에서 길을 찾을 수도 있겠다. 세상을 더 많이 배워야겠다.

손짓은 손짓에게로 가고

어디서 소리가 들리는데 어느 방향인지 전혀 감을 잡을 수 없다. 소리가 들린 방향으로 귀를 좀 세운다. 그러나 이미 꼬리를 감춘 소리는 어느 방향이었는지 시침을 뚝 떼고 만다.

아파트의 소음은 때로는 요술쟁이 같다. 위층인가 하면 옆집 부근이다. 조금 전에 못을 치는 듯 텅텅 울리던 망치 소리 또한 위층이었는지 옆집이었는지 그보다 조금 더 어느 층이었는지 짐작하기 어렵다. 벽은 소리를 까먹고 또 때로는 그 옆집으로 소리의 줄기세포를 나누는 일을 한다. 그 집안에서만 떠들고 먹고 자면 좋을 것인데 그 옆집과 또 그 옆집으로까지 반기지 않는

정을 나누느라 한 바가지씩 퍼주기에 괜히 바쁘다.

그런 형편이지만 집 밖에 나설 경우 소리는 빼놓을 수 없는 좋은 안내역할을 한다. 거리에서는 여기저기서 들리는 잡다한 소리가 있어 그것을 기준으로 전후좌우를 살피며 길을 오갈 수 있다. 그런 점 소리는 길라잡이다. 멀리서 들리는 소리와 가까이서 들리는 소리에서 소리의 안전도를 셈할 수도 있다. 가까이서 들리는 소리는 경계하라는 신호 같지만 멀리서 들리는 소리는 마음을 놓아도 괜찮다는 신호처럼 들리니 고마운 일이다.

소리는 표정이다. 하기에 손뼉 소리는 어떤 빛깔이며 기쁨과 슬픔 또한 어떤 빛깔이라는 것을 짐작할 수 있다. 운동경기장의 운동선수와 응원단은 모두 진홍과 청록의 물결처럼 보여 그 뜨거움이라는 것이 눈에 들어찬다. 그 반면 검은색과 흰색으로 연상되는 소리는 때로 사람을 우울한 구덕으로 몰아붙이는 것처럼 보이는 잿빛 소리다.

이렇게만 보아나가던 소리에 감투라는 달갑지 않은 것이 뜻밖에 끼어든다. 눈에 보이지 않는 소리를 눈에 보이게 구체적인 형태로 버무린 감투는 개미가 즐기는 구더기처럼 달콤하다. 사람을 모이라고 손짓하지 않아도 코딱지 같은 단맛이라도 혹 걸려들까 하고 눈치코치 냄새를 쿵쿵거리며 구더기 주변에서 어슬렁거리게 만드는 감투는 쇠붙이를 끌어당기는 자석이다. 그 힘에 끌려드는 사람을 발판 삼아 감투는 더 강력한 자석이 되고

자 이런저런 잔머리를 굴린다. 한갓 미물에게도 우두머리 피비린내를 벌이는 판인데 이른바 만물의 영장이라는 사람은 오죽하겠는가.

감투를 쓰는 것도 따지고 보면 능력이며 수단이다. 능력이 없는 자는 그냥 안겨주어도 감당하지 못하고 바닥으로 나둥그러진다. 하기에 감투는 능력을 발휘할 줄 아는 자가 비상용처럼 애용하는 달콤한 사탕이다. 모든 권력은 국민으로부터 나온다고 했겠다. 감투의 수단은 감투를 떠받들고자 모여드는 무리에게서 나온다. 하기에 처음 사탕 몇 알만 나누어주고 나머지 사탕으로 미끼를 삼으면 감투로 무장된 권력을 절로 차지하고 그 기반은 더욱 탄탄해진다.

소리가 이처럼 감투로 변질되는 양상은 그다지 바람직스런 일은 결코 아니다. 그러나 감투의 냄새라는 것이 때로는 향기롭고 또 때로는 구리게 코에 닿는 걸 보면 세상은 이런저런 냄새를 간직한 감투웅덩이 아닌가. 무슨 냄새를 얼마나 품기나 하고 웅덩이에 고개를 빠트리고 웅덩이의 소리를 들어본다.

—너 자신을 돌아보라.

웅덩이가 타이른다. 웅웅 떠오르는 그 소리에 살아온 결이 보이는 느낌에 찬다. 문득 업경이라는 말이 떠오른다. 그러고 보니 웅덩이는 업경이었는지도 모른다.

언젠가는 달을 품던 웅덩이였다. 언젠가는 별을 품던 웅덩이였다. 그 달과 별 그림자에도 가지 못하고 싱거운 떠돌이처럼 서성거리며 헛기침이나 뱉었다. 스스로 생각해도 꼴사나운 짓이었는데 그걸 미처 깨닫지 못했다. 웅덩이가 기침 소리를 듣고 뭐라고 타일렀을 것이다.

세상 살아오면서 소리 같은 소리 하나 갖지 못했다는 아픈 생각이 든다. 그런데 뜻밖에도 아파트 입구의 나무가 손짓을 하는 시늉을 한다. 내가 그렇게 보고 있었을까. 그 나무의 손짓을 따라갈까 말까 하다가 그만 '말까' 쪽에 편들기로 한다. 웅덩이가 어떻고 나무가 어떻다는 등 나는 지나치게 양팔을 벌리려 하지 않는가.

아무렴 그렇고말고, 손짓은 손짓에게로 가고 나는 내 안으로 가서 웅덩이의 말이나 귀담아 들을까 한다.

잃어버린 고향

약속이라도 한 것처럼 연 줄기는 이리 눕고 저리 휘어지고 말았다. 꽃 잔치를 하느라 부산했던 연밭이다. 홍련과 백련으로 무성했던 한때를 내려놓고 싶은지 연밭은 모처럼 긴 휴식에 들었다.

꺾인 연 줄기를 보고 있으니 홀소리 닿소리를 쓰고 읽는 조용한 수런거림이 들린다. 다소 뜻밖이다. 몸을 꺾은 어떤 줄기는 'ㅏ', 또 어떤 줄기는 'ㅡ'거나 'ㅢ'라는 음소를 새기고 있다. 'ㄱ, ㄴ'을 읽고 있으리라고 생각하고 있는데 'ㅅ'처럼 허리 꺾인 글자를 새기는 연 줄기도 보인다. 아버지 어머니라며 읽고 있는 아이들이 연밭 여기저기에 떠오른다. 연밭은 연밭만이 아닌 겨울 동

안의 한글공부방이다.

연밭 여기저기서 뛰노는 어린것들이 왁자하게 떠드는 소리도 들리는 느낌이 든다. 술래놀이를 하느라고 깡마른 연잎에 숨어든 아이들과 연 줄기 뒤에 몸을 사리고 있는 아이들도 보이는 환상에 연밭 여기저기를 크게 둘러본다.

나락 그루터기가 새파랗게 새싹을 밀어 올리는 빈 논에서 자치기를 하면서 논 어린 날이 있다. 또래들과 어울려 한낮을 추위도 잊고 자치기놀이에 시간 가는 줄도 몰랐다. 꾸덕꾸덕한 논바닥은 딱지치기 놀이하기에도 좋았다. 마을 앞 논바닥은 철부지 시절의 즐거운 놀이터였다.

고향마을 입구에는 우람한 돌탑과 오백 년이나 됨직한 커다란 당산나무가 있었다. 당산나무는 연밭이 없는 고향의 유일한 자랑거리였다. 그런데 그 돌탑과 당산나무가 어느 날 사라지고 말았다. 자랑거리가 사라진 것을 보고는 철부지시절의 추억도 함께 사라졌다면서 아쉬워했다. 호리병처럼 생긴 마을의 병모가지쯤에 있는 돌탑과 당산나무는 마을을 감싸주는 든든한 지킴이었다.

어느 해 지붕이 날아가는 태풍에 세상이 흔들리는 소용돌이를 겪은 적이 있다. 태풍이 지난 다음 당산나무 발치에는 크고 작은 가지들이 땅바닥에 우두둑 꺾여 있었다. 태풍과의 사투를 벌이면서 마을을 지키느라 제 몸을 아끼지 않은 나무였다. 여름 한낮

엔 마을 사람들이 논일을 하다가 당산나무 그늘 아래 쉬기도 했다. 어른들이 둘러앉아 마을 일을 의논하는 장소이기도 했다. 그 나무와 탑이 사라진 다음 고향에의 그리움도 싹 사라지고 말았다. 남들은 그가 태어난 고향으로 돌아간다는데 당산나무가 사라진 고향은 타향이나 다름없는 서글픈 곳이 되어버렸다.

연밭에서 여름내 연꽃을 보는 것은 눈부신 아름다움이다. 그러나 겨울은 또 겨울대로 좋은 볼거리로 마음에 와 닿는다. 꽃이 지고 연 줄기마저 시들어버린 연밭 속에는 어쩌면 떠k가득한 고요가 지난여름을 추억하듯 잠겨 있다. 고요는 마음의 눈과 귀로 보고 들을 수 있는 소리다. 손으로 만지거나 눈으로 볼 수 없는 고요는 연꽃망울이 터질 때의 은밀한 소리가 되어 겨울연밭을 더욱 운치 있게 한다.

ㄱ[기역], ㄴ[니은]을 공부하고 있는 어린것들이 떠오르는 연밭 변두리를 서서히 어정거린다. 그러면 더 깊은 고요가 몸에 스며드는 느낌을 받는다. 그것만은 아니다. 연밭은 예절공부를 익히고 가르치는 서당 같은 분위기다. 몸을 이리 숙이고 저리 숙이는 어린것들의 나지막한 몸짓이 귀여워 연줄기를 쓰다듬기도 한다.

여름 한철의 연밭을 꽃의 궁전이라면 겨울 연밭은 예절공부를 하는 학당이다. 그 학당에서 어린것들이 한글을 익히고 예절을 익힌다. 연중 내내 한가할 틈이 없는 연밭이다. 그렇다고 사시사철 분주한 것으로 채워진 곳만은 아니다. 동중정動中靜의 틈새를 즐길 줄 아는 연밭이다. 고니가 날아드는 것을 보고는 그런 생각이 뜬금없이 드는 것 또한 어쩔 수 없다. 새가 날아드는 연밭은 또 다른 한유閒遊를 즐길 수 있는 넉넉한 풍경 아니겠나.

연밭에도 간만의 물때와 같은 채움과 비움이 있다. 여름이 채움의 계절이라면 겨울은 비움의 계절이다. 연밭에서 소유와 무소유를 익히는 일 또한 즐거운 일이다.

고향의 당산나무와 돌탑이 사라졌을 때 나는 고향으로 가는 날개를 잃어버렸다. 그 아쉬움을 연밭이 달래준다며 혼자만의 시린 군말을 한다.

아첨떨기

온몸이 나른하게 처지는 느낌이 든다. 처진 틈새로 더위란 놈이 발을 뻗고 들앉아 사람의 몸을 더 힘들게 내리누른다.

더위는 몸의 습기를 앗아가고 머릿속을 멍한 빈 껍질만으로 채우려 한다. 몸을 마구 죄어 불볕벼랑으로 끌고 가려 한다. 찬물 한 컵을 들이켜는데 목이 더 답답해진다. 이열치열이라는 말이 떠올라 끓인 찻물로 갈증을 또 달랜다.

더위는 위세가 좀 쫀쫀하다. 몇 해만에 겪는 더위라는 말을 들어보아도 가히 기록에 남을 찜통인 것 같다.

더위의 처지에서 보면 기록갱신에 의기양양할 것은 당연하다.

그게 기네스북에 오르든 아니면 기상청의 기록에 오르든 더위로서는 의기양양할 일이겠다. 하지만 더위를 맞는 처지에서는 더위를 식혀줄 소낙비라도 퍼부어 잠깐이나마 뜨거운 불을 껐으면 하는 심정이다. 그런데 더위의 울림장이라도 눈치챘는지 소낙비조차 꿈적도 하지 않는다.

웃통을 훌렁 벗어젖히고 거실 바닥에 큰 대자로 퍼진다. 그렇게 하고 있으니 나른한 몸에 잠이 손을 뻗는다. 그런데 그 짓도 몇 분을 견디지 못하고 도로 일어나 앉는다. 거실 바닥이 불김을 맞은 듯 후덥지근한 열기로 사람을 떠민다. 이런 때는 앉은 자세로 가만히 지내는 것이 더위를 이기는 길이 되겠다. 선풍기를 틀고 부채를 부친다. 선풍기는 기다렸다는 듯 더위로 잘 달군 바람을 돌돌 말아 등에 퍼붓는다. 옛다, 모르겠다. 더위에 안절부절 못하고 손끝 발끝 하나 움직이지 않는 가장 게으른 부처가 되기로 마음먹는다.

여름은 '여름 ㅎ나니'[용비어천가]와 가장 친근하다고 말을 바꾼다. 갑자기 더위에 아첨이라도 할 생각이었을까. 과일이 단맛 꿀맛을 갖추자면 따가운 햇볕을 열매의 몸속으로 받아들여 열매와 더위와의 정다운 단꿈을 엮는 것이 좋겠다는 생각을 한다. 논바닥의 벼이삭이 무겁도록 고개를 숙이는 넉넉함을 보자면 불붙는 햇살이 벼이삭 틈새로 파고드는 후끈거리는 입김도 있어야겠다고 마음으로 떠벌린다. 낱알이 잘 여무는 벼이삭처럼 사람도 단단한 열매로 익어가자면 여름햇볕을 잘 받아들이는 정신이 있어야겠다는 뜬금없는 생각이 든다. 세상만사 생각하기 나름이라는 말을 여름 무더위에 결부시키고자 뚱딴지같은 말을 늘어놓는다.

바닷가에 가서 모래찜질이라도 하고 싶다. 뜨겁게 달아오른 모래에 몸을 파묻고 젊은이처럼 한나절을 보내야겠다는 생각을 한다. 그런데 아무리 둘러보아도 여름바다는 펄펄 끓는 젊은이의 몫이다. 젊은이가 노는 곳에 늙은이가 함부로 끼어든다는 것은 말하나 마나 불편한 짓이다. 놀이마당에도 지하철의 노약자좌석처럼 앉을 곳 설 곳이 따로 있다. 이 또한 불문율의 놀이문화질서라는 생각이 든다.

노약자석이 따로 있는 도시철도 좌석을 비워두고 젊은이가 앉을 일반석을 차지하고 시침을 떼고 있는 노인을 보는 것은 좀 딱하다. 출퇴근 시간대에는 더욱 그렇다.

그러나 노인은 젊은 시절이 그립다. 그 그리움을 찾아 젊은이가 앉는 일반석에 앉아보는 것이라고 하면 그나마 아쉬운 변명은 되겠다. 젊은이의 눈, 젊은이의 입을 통하여 세상을 보고 듣고자 하는 궁금증을 젊은이 곁에서 듣는다. 실은 나 또한 그랬다. 일반석이 군데군데 비어 있을 때였다. 그런데 마음은 그다지 편치 않았다. 누가 난데없이 다가와 노약자석으로 가서 앉으라는 손가락질이라도 하는 것 같아 오금이 쑤셨다.

더위에도 좌석이 있다면 싱거운 말이 될까. 언젠가 버스에 올라섰는데 비어 있는 자리가 있어 털썩 주저앉았다. 그런데 앉자마자 일어서야 했다. 불볕이 좌석을 벌겋게 달구고 있었다. 그러니까 그 좌석은 노약자도 젊은이도 아닌 불볕이 앉는 자리였다.

여름은 뜨거워야 여름이다. 여름이 여름답지 못하면 오히려 불안하다. 아비는 아비다워야 하고 자식은 자식다워야 한다지 않는가. 계절인들 다를 수 없다. 여름은 여름다워야 여름이라고 실없이 말을 덧붙인다.

베란다 난간이 불덩이 같다. 제 몫을 하는 여름이 차라리 기특하다며 아첨이나 다름없는 말을 덧붙인다. 여름을 잘 견디는 체질도 아니면서 괜히 여름 무더위에 살살 눈웃음을 치는 시늉을 한다.

넷째마디

초대장

풀벌레 울음을 듣는 저녁에 가을이 온다. 가을악기가 된 풀벌레 울음을 쓰다듬는다. 별 하나 별 둘, 항하사恒河沙의 별이 몸 헹구는 은하수 물소리를 쓰다듬는다.

가을악기소리에 젖은 항하사, 그 모래밭 변두리에서 누가 부는 피리 소리에 귀를 댄다. 아늑하다.

수필행隨筆行

소재가 될 글감을 찾아 두리번거리는데 주눅이 드는지 글감은 촌색시마냥 안으로 웅크리기만 한다. 구름에서 천둥번개가 터지듯 생각의 봇물이란 것이 뻥 터진다면 속이 후련할 것인데. 다람쥐 쳇바퀴 돌듯 하는 처지가 생각의 덫에 걸려 기를 펴지 못한다.

글쓰기에도 과단성이란 것이 작용하는 법이어서 좀 만용이라도 부릴라치면 그게 내 분수가 아닌 듯 전체의 몰골이 비뚤어지고 글의 바닥에 커다란 구멍이 뻥 뚫린다. 아, 내 길이 아니었구나 하는 뉘우침을 떨치지 못한 그냥 어쩌다 길을 찾아 어둠 속 같은 미로를 허덕이며 가는데 무슨 걸림돌은 왜 그리 많은지.

번번이 발을 헛딛는 나는 또 길을 놓치고 허탈하게 주저앉는다.

처음 뭔가를 끼적거릴 때는 글의 형태가 잡히겠구나 하는 작은 들뜸에 다소 신이 났었다. 그 실마리를 따라 가면 글의 지평이 열릴 것이라 믿었다. 그런데 아니다. 처음 몇 줄은 그런대로 고분고분 말을 잘 들어주었다. 하지만 써나갈수록 생각이 막히고 끝내는 빈 구덕 같은 것이 발목을 칵 잡고 더 이상 나가지 못하게 나둥그러졌다.

언젠가 길에서 본 깡마른 나무에서 새 움이 솟아오르던 것에 문뜩 생각이 끌린다. 나무는 생명을 향한 끈질긴 지혜와 힘을 갖고 있다. 겨울 동안 그대로 얼어 죽은 것이나 다름없었던 나무였는데 계절의 운기를 몸에 감고 새 움을 뽑아낸다. 모진 눈바람에 등을 웅크리고 있었을 헐벗은 나무는 겨울바람 앞에서 모두를 비운 완전한 무의 상태로 지내왔지 싶다. 그러지 않고서는 다시 살아날 수 없을 만치 혹독한 추위였다. 무아無我의 경지. 사람도 흔히 모두를 비움으로써 자아발견의 길을 터득한다고 하지 않는가.

그 나무에서 파르스름한 새 움이 트는 생명력은 어떤 가르침을 주는 것처럼 대견했다. 이를테면 물러설 줄 아는 시기와 나아갈 줄 아는 시기를 놓치지 말라는 ≪명심보감≫ 같은 구절이 가지마다 주렁주렁 매달려 있지 싶었다. 그걸 모르고 함부로 처신할 경우 몸과 마음이 통째로 망가진다는 은근한 눈짓을 나무는 제 몸을 흔들며 타이른다는 느낌이 들었다.

쪽지에 뭔가를 끼적거리는 자국은 엉뚱하지만 그 쪽지의 내면에 깃든 속청을 찾아내려고 한 노릇인지 모른다. 가만히 침묵하고 있는 빈 쪽지이지만 그 속에는 아무도 미처 찾아내지 못하는 내용물이 깃들어 있을 것이다. 그것이 세상 밖으로 나오고자 하는 낌새가 있을 것만 같다. 싱거운 노릇이지만 그걸 알아내고자 볼펜으로 끼적거리며 안달복달했다.

경제제일주의 하늘 아래 기껏 한다는 짓이 이런 놀이라면 참 따분한 짓거리라고 누가 쑤군거릴 것은 당연하다. 하지만 그런 쑤군거림을 전혀 마음에 두지 않으려 한다. 그런 점 나는 기운이 팍 처지도록 한심한 존재라고 스스로 말해본다. 빈 쪽지 속에 혹 새로 움트는 나무가 들어 있지 않겠느냐고 하는 그 생각이

어떤 점 정신이 살짝 나간 터무니없는 말놀이임은 틀림없어 보여 스스로 민망스럽다.

가만 생각해 보면 빈 쪽지에 뭔가를 끼적거리는 때는 끼적거리지 않는 때보다 살아 있어서 좋지 않겠는가. 설익은 생각이지만 쪽지가 받아주니 고마운 일이다.

어느 날은 대밭에 서 있었다. 대나무의 울음은 바람에 흔들리는 댓잎 소리만이 아니었다. 그것은 대나무의 속청에서 울리는 보다 아늑한 심연의 소리였다. 가장 깊은 소리는 가장 깊은 데서 울리는 소리임을 대나무가 넌지시 타일러 주었다.

빈 쪽지 안에서 자라고 있을 깡마른 나무며 대나무도 있지 않겠는가. 끼적거림은 그 숨결을 찾아가는 일이기도 하다.

김병규 수필가를 생각하며

    책상발치에 수북하게 쌓인 먼지를 보고 있으니 무슨 글머리가 잡힐 듯하다. 일을 서두르면 모처럼의 싹이 주눅이 들어 슬그머니 움츠려들 것이다. 우선 딴전을 부리기로 한다.

    다시 먼지에 눈이 갔을 때였다. 잡히리라고 여겼던 조금 전의 글머리가 무엇이었는지 얼른 떠오르지 않는다. 불과 몇 분 전의 생각이 사라지고 말았다. 생각의 세계에서는 그 몇 분이라는 것이 엄청나게 긴 시간이었다.

    이런 현상은 한두 번이 아니다. 어스름 무렵의 산길에서 오도카니 앉아 있는 물체를 보았을 때도 그랬다. 누군가 거기 쉬고 있는 모습이 눈에 들어왔었다. 가까이 가서 본 물체는 사람이 아닌 사람처럼 보이는 바위였다. 그 자리쯤에서 좀 쉬고 싶다는 생각이 바위를 사람으로 보는 일종의 어지럼증현상을 일으켰을 것이다.

비단 그런 경우만은 아니다. 부싯돌의 불씨처럼 머릿속을 때리며 스쳐 지나가는 소재도 더러 있었다. 순간포착을 노려 카메라를 들이대고 끈질기게 기회를 기다리는 사진작가처럼 끈질기지 못한 처지는 머릿속에서 빠져나간 모처럼의 불씨에 뒤늦게 머리를 쳤다.

책상발치에 쌓인 먼지에서 떠오른 생각을 놓친 것은 어쩌면 당연한 일이다. 김병규 수필가는 〈역사의 먼지〉라는 작품으로 먼지의 아름다움을, 그 아름다움이 역사임을 보여주었다. 그만치 치열한 순간포착정신의 결과였다. 책상발치의 먼지는 어쩌면 포착하기 알맞은 나만의 작은 부스러기였을 것이다. 그런데 그걸 놓치고 멍청하게 죽치고 사는 우둔함은 아무리 좋게 보아도 게으른 소갈머리에 지나지 않는 구석이다.

무엇에 철두철미하거나 다부지거나 하지 못한 성미는 사라진 것을 애써 찾으려고도 않는다. 사라진 그냥 놓아두면 언젠가 도로 돌아올 것이란 얄팍하고 안이한 생각만으로 사라진 것을 찾으려는 노력에 게으름을 피운다. 사라진 다음 아주 돌아오지 않는 불씨는 한둘이 아니다. 그런 경우일수록 미련이 가서 그때 왜 몇 줄이나마 기록하는 일을 놓쳤을까 하고 뉘우치기도 한다. 놓아두어야만 그것이 미끼가 되어 더 많은 생각조각을 끌어올 수 있지 않겠느냐고 터무니없는 망상을 한다. 아무리 좋게 생각해도 그건 실속도 없는 궁한 말놀이일 뿐이다.

일전에 왼손 엄지손가락의 수술을 받았다. 어느 날 아침이었다. 전날까지만 해도 멀쩡하던 엄지손가락 마디를 굽힐 때마다 톡톡 튀는 소리가 났다. 며칠 지나면 절로 좋아지겠지 하고 미련을 대었다. 그러나 그 며칠이 지나도 엄지손가락이 조금 부어오르기만 할 뿐 손가락을 굽히고 펼 때마다 튀는 소리는 그치지 않았다. 손가락 움직임이 자연스럽지 못해 조금은 불편했다. 살아가는 세월에 튀는 일이 없으니 손가락이라도 좀 튀어보자는 셈이었을까.

글쓰기도 자연스럽지 못하면 문장 속에서 알게 모르게 톡톡 튀는 반갑지 않는 소리가 들렸다. 글의 흐름을 잘못 잡아놓고도 미처 깨닫지 못하고 있으면 문장 마디가 어긋나고 결국은 전체가 와그르르 무너지는 서글픈 진통을 겪었다. 주사치료를 며칠 받다가 어쩔 수 없이 칼을 대는 수술을 받느라 전문의 앞에 손을 내밀었다.

한동안 왼손은 사또 모시듯 했다. 엄지손가락 하나의 역할이 얼마나 중요하다는 것을 깨달으라고 하는 소리가 들리기도 했다. 엄지손가락 역할과 같은 낱말 하나의 의미가 문장의 분위기를 살리고 어쩌고 하는 것이나 다름없다고 타이르는 소리 또한 들을 수 있었다.

사라진 소재의 두레박 끈은 이미 놓친 것이라고 마음을 쉽게

닫을 수는 없었다. 놓친 다음에는 놓친 끈을 찾아 우두커니 두리 번거리는 날도 있었다. 낚시꾼은 놓친 고기가 월척이었다고 입 맛을 다신다. 글을 하는 처지에서도 놓친 소재는 언제나 너나할 것 없이 아쉬운 월척이다.

어찌 월척만을 기대할 수 있겠는가. 눈에 잘 들어오지 않는 이를테면 하찮은 먼지 같은 것도 글쓰기에서는 때로 월척이 되 겠다며 없는 잔머리를 굴리기도 한다. 다시 책상발치의 먼지에 멍하니 눈을 판다. 그런데 먼지는 어느새 사라지고 없다. 이게 무슨 마구간이냐고 궁실거리며 아내는 책상발치의 먼지를 구석 구석 쓸고 닦아버렸다.

달리 떠오르는 먼지 같은 소재가 없는 날은 창밖의 하늘에나 눈을 판다. 그러면 하늘에 뜬 구름 몇 조각이 바람을 따라 어슬 렁거리는 날도 있다. 그것은 하늘의 먼지 아니겠나. 책상발치의 먼지가 하늘에 닿아 먼지를 둘러쓴 구름이 되어 시침을 뚝 떼는 지도 혹 모른다.

구름은 따가운 햇볕을 가려주는 일종의 차양이었다. 먼지나 다름없는 구름에도 열처리 장치라는 것이 달려 있어서 걸러내어 야 하는 불볕과 걸러내지 않아도 되는 불볕을 가리느라 열심히 일손을 놓지 않을 것이다. 그렇게 여기고 있으니 책상발치의 먼 지 또한 걸러내어야 하는 글감과 걸러낼 필요도 없는 글감으로 채워져 있었던 셈이다.

내 꿍꿍이를 알 까닭이 없는 아내는 그걸 쓸고 닦으면서 늘품이라곤 없는 나에게 쯧쯧, 혀를 찼을 것이다. 한솥밥을 먹고 한 방을 쓰는 처지에도 생각은 따로따로임을 감출 수 없으니 딱한 노릇이다. 쓸려나간 먼지에서 소재를 찾고 있는 우둔한 머리는 아내가 쓸어버린 먼지를 돌이켜 생각하느라 책상발치에 고개를 처박고 꿍꿍대었다. 싱거운 노릇이지만 그런 뒷북놀음도 그다지 미련한 짓거리만은 아닐 것이라며 스스로를 다독이는 생각에 끌리곤 했다.

창밖을 보니 어른주먹만큼 자란 모과를 바람이 요리조리 살피고 있다. 모과는 바람이 이럴까 저럴까 궁리하는 바람의 글감이었을 것이다. 먼지를 쓸어버린 아내에게 괜한 투정을 부릴까도 싶다. 헛된 짓인 줄 알지만 책상발치에 다시 고개를 처박는다.

돌을 소재로 한 감성

제주기행은 돌과 함께하는 나들이었다. 곰보처럼 구멍이 숭숭한 돌이 일행을 따라다닌다는 생각에서 벗어나지 못했다. 돌이 여행객을 안내하는 셈이나 다름없었다.

돌은 제주의 대명사라고 해도 지나친 말은 결코 아니겠다. 돌을 빼놓으면 제주는 무의미할 것이다. 한라산을 주봉으로 삼는 제주는 그 속을 캐어보면 거대한 암석 덩어리가 솟아올라 그 표면에 흙이 깔리고 초목이 자라는 거대한 돌섬이지 싶다. 지구라는 것도 따지고 보면 암석으로 구성된 단단한 덩어리 아니겠나.

쓰고자 하는 수필의 중심을 그 돌섬이 차지하고 비켜주지 않는다. 가령 다른 소재를 매만지고 있으면 어느새 눈앞에 돌이

어른거려 다른 것은 손도 대지 못하게 했다.

제주의 돌은 살아 있다. 현무암이라는 이름을 얻은 돌은 화산
이 폭발할 때 생긴 상처를 몸에 달고 아늑한 현묵玄黙을 지킨다.
숭숭 뚫린 곰보자국을 훈장처럼 달고 무슨 말을 할 듯 그러나
지나가는 바람의 길을 안내하느라 돌담이 되어 제주의 역사와
함께 한다.

수필을 하면서 언어에 숭숭 구멍을 뚫고 그 구멍 틈새로 세상
을 보고자 한 적도 있다. 그러나 잘못 뚫은 구멍 틈새로 언어는
텅 비고 빈손에 깔린 허전한 바람을 맛보아야 했다.

제주에서 돌아온 다음에 깨달은 일이지만 함부로 돌을 말할
수 없는 일이었다. 돌을 말하려면 구멍 숭숭 뚫린 현무암이 되기
까지의 온갖 아픔과 괴로움, 어둠 속의 소용돌이와 막막함을 몸
과 마음으로 끈덕지게 짓이겨야 했다. 지옥도 같은 불구덩이에
처박히는 아찔한 진통도 거쳐야 했다. 그런데 나는 언어에 지나
치게 안이했다. 이것 아니면 저것이란 단순하고 요령부득의 생
각만으로 수필의 틀을 짜고자 손쉬운 잔꾀를 부렸다.

아무 진통도 없는 얕은 생각만으로 글을 써놓고 수필 한 편
썼다고 우쭐댄 꼴이 새삼 염치머리 없고 부끄러운 짓이었다. 언
어가 수필로 굳어지기까지 수필가의 심중은 뜨겁게 끓어오르고
차갑게 식어 얼어붙는 진통도 마다하지 않아야 했다. 가슴속에
서 이글거리는 언어의 소용돌이는 대장간의 담금질 작업에 견줄

수 있겠다. 벌겋게 달군 쇠를 두들겨 그가 바라는 모양새를 만든다. 이를 다시 물에 담가 식히고 다시 용광로 같은 불속에 집어넣어 두들기고 발라내어 비로소 하나의 물상을 빚는다.

제주도의 돌에서 내가 보고자 했던 것은 구멍 저쪽의 세계였다. 그러나 그건 엄청난 허욕이었다는 것을 깨달았을 때 나는 돌에게 무례한 짓을 하고 있다는 것을 어렴풋이나마 짐작할 수 있었다. 그냥 있는 모양대로 보자고 마음을 먹으니 다소 편안하기는 했다. 괜한 허욕에서 벗어나자고 나를 타일렀다. 그럼에도 제주의 돌이 거듭 눈에 밟혀 사랑하는 여인에게 이끌리듯 하는 마음은 감출 수 없었다.

삼성혈은 제주의 상징이다. 고高 량梁 부夫씨의 탄생설이 있는 곳이다. 그렇게 보면 제주의 돌 하나하나는 모두 나름의 의미 있는 혈穴을 지니고 있다. 그것은 세상만물의 탄생설과 맞닿아 있을 것만 같다. 시인 윤동주는 '별 하나에 추억과/ 별 하나에 사랑과/ 별 하나에 쓸쓸함과/ 별 하나에 동경과/ 별 하나에 시와/ 별 하나에 어머니, 어머니'라고 〈별 헤는 밤〉에서 읊었다.

'돌 하나에 바람소리와/ 돌 하나에 파도소리와/ 돌 하나에 벌레울음소리와/ 돌 하나에 비바리들의 숨비소리'를 다 감추고 있을 것이라며 윤동주를 섣불리 모방한다.

돌을 깨트리면 태초의 소리가 우렁우렁 터져 나올 것만 같다. 터져서 제주바다를 넘실넘실 떠돌다가 이중섭 기념관 앞에서 소리의 탑이 되어 우뚝 솟을 것이다. 멀고 가까운 바다를 바라보는 애틋한 그림에 묻힌 이중섭을 보는 환각에 젖기도 했다.

소리의 향수鄕愁를 생각하는 때가 수시로 있다. 그것은 그리움이 되어 가슴에 뭉클하게 닿기도 한다. 제주의 돌은 수많은 구멍을 통하여 뭔가를 외치고 있는지도 모른다. 그것은 때로 뭍으로 향하는 그리움의 소리이기도 하겠지만 멀리 이어도를 찾아가는 소리이기도 할 것이다. 그 소리를 들으며 자란 제주사람은 서편제 같은 제주가락을 이어도처럼 가슴에 품고 살아가지 싶다.

글의 가닥이란 것이 좌충우돌하듯 실타래처럼 이리저리 헝클어지는 느낌을 받는다. 그러나 돌을 향한 처음의 마음은 그다지 변하지 않았다는 자위를 한다. 사나운 이빨을 들이밀며 물어뜯는 거센 파도에도 끄떡하지 않는 벼랑자락의 거대한 주상절리를 이 글에 깔고 싶다는 뜬금없는 욕구에 찬다. 그 암석은 제주도의 든든한 지킴이인지도 모른다. 그 지킴이를 위무하느라 돌고래 무리가 섭지코지 앞바다를 건너가고 있었다. 돌은 한자리에 선 현묵인데 고래는 움직이는 현묵이었다.

돌고래를 보게 된 것은 돌과 더불어 제주기행의 아름다운 기념탑이었다.

공즉시색空即是色 색즉시공色即是空

　　사물의 내면 천착이 수필의 본질이라는 것은 누구나 다 아는 상식입니다. 하기에 수필가는 읽어낼 수 없는 사물의 내부를 찾아 읽는 탐구자라고 하겠습니다. 사물의 겉보기만을 드러내는 것은 수필의 본질과는 먼 이야기입니다.

　상식적인 말이지만 모든 사물은 이런저런 사물의 내면을 갖습니다. 가령 여기 있는 책상과 전화기와 책 그리고 연필꽂이 등은 그냥 그대로 존재하는 가시적인 사물에 지나지 아니합니다. 그것은 책상이며 전화기라는 허울만 둘러쓰고 있을 따름입니다. 하기에 수필가는 허울 너머의 책상, 전화기 그리고 기타 등등의 내면을 천착하여 책상과 전화기의 속의 세계를 구체적인 의미 있는 언어구사로 나타내고자 노력합니다.

보이지 않던 것을 찾아내어 새롭게 드러낼 때 세상의 눈은 어리둥절합니다. 하기에 낯설다는 말을 듣습니다. 처음 가는 길은 누구에게나 낯섭니다. 처음 만나는 사람 또한 낯섭니다. 수필가는 눈에 익은 것만을 음미하려는 탐미주의자가 아님은 물론입니다. 낯선 것과 낮을 익혀 낯설지 않는 친근한 길에 안내하고자 수필문학이란 것을 합니다. 그 험준한 길을 찾아 기꺼이 나선 자가 수필가입니다. 하기에 수필가는 세계의 새로운 국면을 탐색하고자 앞서가는 외로운 고행주의자입니다.

이를 마다하고 재미있고 편안한 길만을 찾을 경우 수필의 몰골은 지나간 이야기나 즐기는 새로움이 없는 글쓰기, 상식적이며 표피적인 글쓰기로 전락되기 쉽습니다.

그러면 무엇이 낯선 것일까요. 이에 답을 구하기 위하여 무無를 끌어오고자 합니다. 무는 보이지 않는 것의 보임을 나타내는 다른 이름입니다. 다른 이름이기에 낯선 무는 말할 수 없는 상태를 말할 수 있게 구조조정을 시도합니다. 그러기 위하여 무는 그 상대인 유有를 드러냅니다. 이로써 보면 무와 유는 손의 바닥과 등의 관계로 이해될 수 있습니다. 함으로 무와 유는 서로 껴안으면서 각각이 아닌 한 몸으로 존재합니다. 무는 유의 소프트웨어이며 유는 무를 감싼 하드웨어라고 하겠습니다. 함으로 사물이라고 일컬을 때 무+유를 말하는 것은 당연합니다. 공즉시색

空即是色 색즉시공色即是空이라는 말을 이에 빗대어도 어긋난 말은 아닐 것입니다.

하기에 수필은 무와 유를 뭉뚱그린 진술로 이루어지는 표현문학입니다. 그것은 사물의 표면과 속살을 함께 직조하는 일이기 때문입니다. 눈에 보이는 것은 눈에 보이지 않는 것을 포장하기 위한 수단인 언어/문장이라는 것은 당연한 일입니다. 그 포장물 속에 눈에 보이지 않는 무를 구체적으로 드러내고자 수필가는 고뇌합니다. 그때 무는 또 다른 유라는 사물이 되어 나타납니다. 이를테면 소리는 몸이 없습니다. 공기 또한 몸이 없습니다. 몸 없는 관념을 구체어로 변환시킬 경우 수필은 당연히 낯설어집니다. 음색, 음향에 곁들여 음형音形을 놓칠 수 없습니다. 가령 부드러운 목소리는 둥근 모양, 성깔난 목소리는 세모꼴, 정직/정확한 말은 네모꼴이라는 등 소리를 형태로 만져볼 수 있습니다.

대중문화를 으뜸으로 삼는 시대에 수필은 자칫 장식품 혹은 걸림돌이나 다름없는 것으로 떨려나기 쉽습니다. 즉흥 흥행시대의 재미와 오락에 입맛을 다신 대중은 심층적인 것보다는 표피적인 감각에 보다 더 흥미를 갖습니다. 깊이 생각하고 느끼고 하는 것보다는 쉽게 보고 재미를 느끼고자 하는 것이 속도주의 시대의 특징이라고 보아 결코 무리는 아닙니다.

애써 머리에 입력하지 않아도 기계가 알아서 척척 문제를 해

결해줍니다. 복잡함은 간편함으로 느림은 빠름으로 현대인의 삶의 구조가 바뀌고 있습니다. 이런 시대에 수필을 논하고 쓴다는 것은 어떤 점 시대착오적인 발상이며 그 행위일지도 모릅니다. 경제지상주의는 재력의 축적으로 인간의 모든 것이 평가되고 대접을 받습니다. 그런데 수필은 재력축적과는 전혀 방향이 다른 어떤 점 비경제적인 결과물이라고 하여도 틀린 말은 아닐 것입니다. 그런 점 수필은 수필가들만의 김빠진 잔치/축제인지도 모릅니다. 하지만 수필가는 경제지상주의적인 세속적인 면에 눈을 돌리지 아니합니다. 인간정신의 중심을 어디에 두느냐 하는 것은 삶의 가치척도를 어떻게 재느냐 하는 것과 조금도 다를 바 없습니다. 그렇게 보면 수필은 대상이 갖는 내밀한 부분까지 보고 느끼는 문학이라고 말할 수 있습니다.

낯설게 하기는 수필가의 경우 줄곧 이어나가야 하는 수필정신입니다. 굳이 그렇게 하면서 수필에 골몰합니다. 인간이 사용하는 언어를 새롭게 찾아내고 새롭게 갈고 닦는 거기에 수필을 하는 보람, 우리말을 더욱 깊이 있고 참신하게 갈고 닦는 기쁨을 알기 때문입니다. 수필가는 그 하나만으로도 시민사회의 일원으로 당당한 발언을 하는 셈입니다. 그런 점 인간생활의 가장 기본인 언어를 보다 가치 있고 생기 차게 가꾸는 수필가의 공적으로 보아 수필은 언어사회를 풍요롭게 이끄는 원동력이 되는 셈입니다.

낯선 수필은 대체로 어리둥절하고 까다롭다는 말을 듣습니다. 그것은 언어를 보다 구체적이고 깊고 참신하게 가꾸려는 노력에 의한 것이기 때문입니다. 언어구조를 낯설게 함으로써 새로운 언어감각에의 기틀을 쌓는 셈이 됩니다. 하기에 수필가는 있는 그대로의 서술구조가 아닌 또 다른 형태의 서술구조로 변화 시도함으로써 세계의 참신한 면을 끌어내고자 합니다. 언어세공가인 수필가는 금속세공가처럼 기존의 언어체계에 새 언어체계를 세우고자 수필적 상상을 갈고 닦는 노력을 아끼지 아니합니다.

안이한 지성과 감성으로 수필에 머리를 내미는 일은 수필을 지나치게 가볍게 여기는 결핍된 정신이라고 보겠습니다. 긴장미로 재무장하기 위해서는 한걸음 뒤로 물러서는 지혜도 있어야겠습니다. 수필은 담담하고 고즈넉한 문학에서 보다 더 과감한 터

치로 그리는 야수파정신 또한 요구되는 현실입니다.

넓리 알고 있듯 시는 무용, 산문은 도보라고 말한 폴 발레리의 말을 빌린다면 짧은 수필은 무용도 도보도 아닌 어정쩡한 꼴이나 다름없겠습니다. 그렇다면 짧은 수필은 매수가 옹찬 수필에 손가락질 당하고 시에 손가락질 당하는 엉거주춤한 어설픈 처신이 됩니다. 어설프지 않으려 짧은 수필에 끼우는 긴밀하고 다양한 언어의 압축처방을 생각하는 경우 또한 있습니다. 기쁨은 기쁨, 슬픔은 슬픔이라는 장르입니다.

원고지 몇 장 되지 않는 짧은 수필에도 당연히 수필이라는 꼬리표를 달아줍니다. 수필은 고정된 그릇이 아니기 때문입니다. 매수가 문제되지 아니합니다. 수필의 값을 조금이나마 하고 있는가의 문제가 그 수필 속에 남아 있을 따름입니다. 수필의 값이란 말할 나위도 없이 대상에 대한 새로운 인식유무의 문제이기도 합니다.

짧은 수필이든 긴 수필이든 문학을 지향하는 수필은 베틀의 날실, 씨실과 같은 서로의 빠듯한 유대관계로 보다 튼실한 손을 잡습니다. 그 손에 지성과 감성이라는 땀이 뱁니다. 유에서 무를, 무에서 유를 찾아 가는 수필가는 신발 끈을 매는 손에도 단단한 땀이 뱁니다. 그 땀에 새로운 깨달음의 세계가 만져집니다.

수필가에 의하여 세계는, 언어는 참신한 얼굴로 다시 태어납니다.

수필나들이의 변명

        화선지에 내리닫이로 쓴 붓글씨를 누가 보여주었다. 내용은 미처 읽지 못했다. 그러나 구성으로 보아서는 산문시를 적은 편액이라는 어렴풋한 짐작이 갔다.

  잠을 깨니 머리가 맑다. 화선지, 붓글씨, 산문시 등 지난밤의 꿈은 머리를 맑게 씻어준 청양제일 것이다. 아전인수랄까. 꿈의 방향을 좋은 쪽으로 풀이하고자 머리를 굴린다.

  지나친 욕심이기는 하겠지만 아직 꿈을 버리지 못하고 산다. 꿈을 접을 나이가 되었다면서 내 행동거지에 혀를 차는 사람도 있기는 하다. 그럴싸한 충고를 들을 때마다 나이를 생각한다. 하지만 장수시대의 얼굴이 아직 꿈을 놓지 말라는 은근한 눈짓을 하는 낌새가 있다. 그걸 또 수필이 꼬드긴다며 주변에서 그다지 알아주지도 않는 혼자만의 실없는 입속말을 떠벌린다.

산다는 것은 이런저런 세상을 눈으로 보고 귀로 듣고 맛을 보고 어쩌고저쩌고 하는 일이다. 길가 벤치에 가만 앉아 있는데 눈높이 저쪽으로 사람이 지나가고 자동차가 지나가는 움직임이 보인다. 바람이 길바닥을 쓸고 있는지 폴폴 먼지가 날개를 턴다. 벤치 옆자리의 깡마른 나뭇가지가 흔들리는 몸짓을 한다. 자리에서 일어나 어디로 가는 길에 언제 들어섰는지도 모르는 고층 건물이 눈에 꽉 들어찼다. 그 건물이 품고 있는 상점 안에는 알록달록한 입성을 걸친 마네킹들이 행인의 눈을 끌어당기느라 윙크를 하는 시늉도 있다. 미끈한 각선미를 요리조리 꼬고 있는 요염한 자태는 빨리 들어와 옷가지를 사라고 꼬드기는 유혹의 몸짓 같다.

한번은 차창에 기대어 차창 너머로 몸을 감추는 가까운 들판과 먼 산을 보고 있었다. 이런 때는 차가 달리는 것이 아니고 들판과 산이 슬금슬금 차창 꽁무니 쪽으로 뒷걸음질 친다는 생각만 하고 있었다. 융통성이라고는 전혀 없는 눈과 귀로 판에 박힌 터무니없는 생각이나 주워 담으며 하릴없이 시간이나 까먹는다. 세월이란 것이 나를 꼼짝도 못하게 위리안치상태에 묶어 놓았다는 일방적인 피해의식에 젖기도 한다. 나는 갇혀 있다. 그런데 알고 보면 너도 나도 지구라는 거대한 테두리에 갇힌 몸

아닌가. 그제야 혼자만의 쓸쓸함은 아니라고 사방을 좀 더 크게 둘러본다.

사람은 태어나는 순간부터 어떤 형식으로든 나들이 걸음을 하는 운명을 타고났다. 지금 살고 있는 지역이 나들이의 시작이다. 그 길에서 맛보는 희로애락 또한 나들이에서 갖는 일종의 애지 중지 품어야 할 상황 아닌가. "너는 상행선 나는 하행선"이라는 노래 가사도 있지 않는가. 상행선은 하행선을, 하행선은 상행선을 보고 듣고 느끼는 일이다. 남들이 생각한 바를 그대로 이어받는 것이 아닌 나름대로의 새로운 상행선과 하행선을 구축하는 감성과 지성에 따라 나들이의 참다운 보람을 가질 수 있겠다. 색안경은 눈에 올리지 말자. 푸른 안경은 푸르게, 검은 안경은 검게 보는 색안경은 세상을 보는 이런저런 재미를 안경에 의지하는 셈이 된다.

말할 나위도 없이 나들이에는 참신성과 기발함으로 무장된 정신영역이 뒤따라야 했다. 가령 기암괴석 앞에서 그 바위의 특징을 가장 깊이 탐색하고 느끼는 감각이 요구 되었다. 바위를 깨트려 보고 문질러 보고 폭발하는 힘 앞에 서 보는 모험 또한 저질러야했다.

수필을 몸에 달고 나들이를 하면서 지나치게 안이했다. 아니 안이하다는 생각조차 모르고 수필에 그냥 응석을 부렸다. 수필이 오냐오냐하는 소리에 그저 좋아라 철없이 어깨를 으쓱대곤 했다.

　정신이 좀 들었을 때 본 수필과의 나들이는 대상의 겉핥기만
으로 만족하고 있었다. 가령 며칠 전에 거닌 해운대~송정 사이
의 폐선된 철로에서도 노선 너머의 바다가 푸르니 어쩌니 하면
서 상투적인 생각만 할 따름이었다. 마지막으로 레일을 밟고 간
기차가 아파했을 역사의 몫은 까맣게 놓치고 지나갔다. 보다 따
뜻하고 예리한 감성으로 폐선에 눈과 귀를 대어야 한다며 늦게
야 깨닫는데 그마저 한순간 캄캄하게 놓쳐 버렸다.

　이러고서야 수필과의 동반나들이도 싱거운 결말이 되고 만다.
어떤 수필가는 수필에 죽고 수필에 산다며 매운 수필정신을 드
러내었다. 그걸 좀 본받아야겠는데 주변머리라고는 없는 내 성
미는 한동안 그러는 척하다가 뭐 그럴 것까지 있겠는가 하면서
흐지부지 온새미로 돌아서고 말았다.

　변명이 없지는 않다. 처녀가 아이를 가져도 이유는 있다지 않
는가. 시원찮은 변명을 찾아 두리번거리는데 어제 쓴 구절을 오
늘 또 써먹고 있다는 얌체머리 없는 사실에 눈이 뜨인다. 이러고
서야 기존을 모방하는 행위에 지나지 않는 안이한 태도라는 늦
은 자각을 한다. 어제 생각을 오늘 다시 써먹는 이 누추한 수필
나들이의 발걸음에서 어서 벗어나야겠다.

　무슨 생각이 어떻게 끼어들든 수필은 대상을 참신하고 기발한
방향으로 인식하는 데 보람을 가져야겠다. 그 길이 수필의 위상

을 높이는 일이겠다. 수필적상상력은 대상을 새롭게 천착하는 나들이의 눈에 닿는 울창한 숲이며 그 숲에 자라는 이끼 낀 돌에 이마를 문지르는 일이다.

지난밤의 꿈이 다시 떠오른다. 미처 읽지 못한 그 붓글씨는 생각을 재탕하거나 도용하지 말라는 어떤 가르침이었을지도 모른다. 내 수필나들이 수첩에 재탕이며 도용이라는 말놀이가 살살 눈치를 보면서 수첩 한쪽 구석을 차지하고 있지는 않을까. 수첩을 탈탈 털어 깨끗이 비우는 법석을 떨어야겠다. 비로소 마음이 개운하고 홀가분하겠다.

수필과의 나들이는 초심으로 돌아가 다시 꾸리기로 한다. 어디로 갈까. 내 발걸음 여기저기에 멀고 가까운 길섶이 눈을 깜박이고 있다. 그 눈과 차근차근 친해보기로 한다.

허무라는 이름의 바람개비

1

    할 일 많은 세상에 하필이면 수필이냐고 입
방아를 찧을 수 있다. 수필 아니고도 삶의 보람은 부지기수다.
하지만 수필가로 점 찍힌 운명은 하필이면 수필에 매달려 입방
아를 오물오물 잡아먹는다.

 풀어놓을 수 없는 형벌처럼 수필을 짊어진 수필가로서는 그
넋두리 또한 가지각색일 수 있다. 수필은 자기위안일 수 있고
위안으로 인한 자기구제의 수단일 수도 있다. 수필을 빌미로 삼
아 수필과는 전혀 딴판인 감투를 쓰고 거들먹거리기도 한다. 수
필은 무슨 수단이 아니라고 흔히 말하지만 수단이 아닌 수단이

다. 꼭지 덜 떨어진 무지렁이가 설치기 좋은 어깨에 걸치는 이러 저러한 훈장이 되기도 한다.

수필은 새로운 세계창출에 의미를 두는 측이 많은 것 같다. 하기에 수필가는 언어를 주축으로 한 수필가자신의 세계를 구축 하는 영토를 확장한다. 그 영토 안에서 혼자만의 수필가공화국 을 건설하려는 야망에 불타는 자가 수필가임을 어쩌랴. 그 독재 자는 스스로 세운 헌법을 버리고 새로운 헌법을 창출하고 기존 의 질서를 파괴 이탈하고 수필의 새 세계질서를 세우려 안간힘 을 쓰는 얄궂은 혁명가다.

누가 이러쿵저러쿵해서가 아니다. 스스로의 언어영토를 지휘 통섭하는 수필가는 보다 참신한 언어, 보다 기발한 수필에의 성 장을 노려 일일신신日日新新 고심에 찬다. 그런 일편단심이랄까, 어쭙잖은 일이지만 수필가는 밥을 먹으나 굶으나 수필가로 떳떳 하게 살기를 다짐한다. 그런 끈질긴 의지력을 힘입어 모국어인 언어가 새로운 섬광을 띤다. 그러나 어쩌랴. 수필가는 그가 애써 구축한 언어의 세계에 안주하지 않으려 참신한 언어세계를 찾아 떠나려 구두끈을 단단히 맨다. 수필가 스스로가 구축한 세계를 등지고 또 다른 세계에의 탐험을 꿈꾸는 선량한 보헤미안.

덧없고 슬기로운 바보, 수필가이다.

2

어쩌다 무슨 모임의 관광버스를 탔다. 잘 이해되지 않는 수필의 궁금증을 풀 수 있는 기회라고 생각했다. 그런데 관광버스가 달리자 노래판이 터지기 시작했다. 풀릴 것이라고 생각했던 궁금증의 정체는 노래판에 묻혀버렸다.

노래판은 더 높은 소리의 노래판이 있는 쪽으로 내 귀를 끌고 갔다. 텅 빈 마음이라고 생각하고 있는데 차창 밖으로 바람 한 가닥이 이는 듯 사라졌다. 바람이 사라진 쪽으로 눈을 대었다. 시간이 달리고 있는 길가 가장자리에 작은 꽃 한 송이가 고개를 떨어트리고 있었다. 그 꽃송이 쪽으로 눈이 갔다. 그러나 꽃송이는 보이지 않았다. 들리지 않는 것, 보이지 않는 속내가 여기저기에 잡음처럼 어른거렸다.

손뼉을 치는 소리, 폭소를 터트리는 소리, 목에 핏대를 세우는 소리의 소용돌이가 귀에 들어왔다. 그 소용돌이를 싣고 관광버스는 달렸다. 불행하게도 그 소리에 물들지 못하고 깨트린 속내 여기저기에 어른거리는 쓸쓸함이나 멍하니 보고 있었다. 〈대전 부르스〉가 지나갔다. 그 노래는 귀에 익었다. 몇 소절 흉내 내다가 그 다음 소절을 까먹고 멍청하게 마이크를 놓은 적이 있다. 버스 안은 여전히 소리의 열기로 푹푹 찌는데 꾸어온 보릿자루처럼 맨 앞자리 귀퉁이에 앉아 언제 끝날지도 모르는 소리의 결에서 스스로 밀려나고 있음을 어렴풋이 깨달았다.

노래판의 분위기에 어울리지 못하는 처신머리는 쓸쓸함을 자초하는 일이다. 그렇다고 쓸쓸함의 편도 아니다. 그렇다고 노래판의 편도 아니다. 참으로 어정쩡한 처지는 차라리 쓸쓸함의 편

이 되어 이것도 저것도 다 심드렁한 창밖이나 본다. 독불장군이란 있을 수 없다. 어디든 붙어살아야 한다. 혼자 잘난 척, 고고한 척하는 것은 눈엣가시가 된다. 그렇다고 고고한 척하는 것은 전혀 아니다. 노래판에서 겨우 찾아낸다는 것이 쓸쓸함을 삭일 수 있는 창밖이다. 그 속으로 머리를 디밀어보자는 계산이 나를 조금이나마 쓸쓸하지 않게 한다. 창밖이 일종의 구원이 된다는 어설픈 말을 혼자 중얼거린다.

멀리 산줄기가 흘러가고 있다. 산 위로 구름이 게으름뱅이처럼 떠 있다. 그 구름을 닮았다는 생각을 한다. 열심히 노는 일행과 합류하지 못하고 물 위에 기름처럼 떠도는 처지. 내 속에 파고든 오염덩어리 같은 기름이 게으름뱅이나 다름없는 구름덩어리를 닮았다.

"구름에 달 가듯이／ 가는 나그네." 시인 박목월의 〈나그네〉를 잠깐 입에 올린다. 그런데 나는 꼼짝없이 관광버스에 묶인 처지다.

사는 동안 많이 게으르고 아둔했다는 생각을 한다. 사물을 보고도 그걸 낯설게 보거나 생각할 엄두를 내지 못하고 지나치게 정직하게만 보고 생각하려 했다. 그 결과 천편일률이란 전혀 반갑지 않는 말을 듣게 되었다. 스스로 보아도 그런 것이 지나치게 흔하게 눈에 띈다. 이러고서야 어디 창의적이라거나 독보적이란 말을 할 수 없다. 남의 말을 앵무새처럼 되풀이하고 남이 쓴 글이나 읽으며 대리만족하려 했다.

수필을 한다는 것은 내 목소리, 내 세계, 내 길을 갈고 닦는 보람에 의미를 두겠는데 내 목소리가 어디 있으며 내 문장이 어디 있는지 전혀 감이 잡히지 않는다. 이러면서도 수필을 들먹거리며 살아온 처지는 넘새스럽고 부끄럽다.

쓸쓸함은 거기 대한 어떤 뉘우침이거나 등짝에 떨어지는 죽비 아닌가. 그렇다면 쓸쓸함의 정체는 죽비를 버는 거다. 괜히 쓸쓸했던 것은 전혀 아니다. 멋모르고 수필에 끼어든 주눅이 나를 쓸쓸하게 만든 것이다. 어떻게 만들었나 하고 다시 쓸쓸함의 속내를 파헤친다. 그랬더니 세계를 있는 그대로 복사하느라 잔머리를 굴리는 손이 보인다. 남들이 이미 밟고 간 길을 따라가느라 허우적거리는 숨찬 호흡이 보인다. 어제 한 이야기를 오늘 다시 떠벌리느라 머리를 싸매는 머릿수건이 보인다. 개성을 으뜸으로 치는 수필의 굿판에서 종이나 낭비하는 주제머리 없는 꼴이 아닌가. 나무야 미안하다.

뉘우침은 언제나 일이 어긋난 다음에 온다. 뉘우치지 않으려고 빠락빠락 악을 쓰는 뒤통수를 찍으면서 온다. 수필이 되지 못한 수필을 들고 우쭐거리는 처신머리에 벼락을 치면서 온다. 그러면 어짜노, 슬그머니 수필을 놓아버리고 저만치 물러앉아 수필이 되어 있지 않는 수필의 몰골을 물끄러미 본다. 아무래도 희망이 없다고 판정을 내릴까도 싶다. 아주 썩 물러서는 것이다. 미련을 버리자. 아주 깨끗이 버리고 손을 털자.

이렇게 마음먹으니까 그럼 지금껏 우쭐댄 꼴이 뭐냐 하는 소리가 가슴속에서 아우성을 친다. 인두겁을 둘러쓰고 수필가의 대열에 엉거주춤 끼어들어 사방의 눈치나 교묘하게 살피고 있지 않았는가. 이건 아무리 좋게 보아도 서글픈 짓이다. 이런 때는 어쩔 수 없이 나를 구하는 손길이라도 내밀어야 한다. 하기 좋은 말로 문학은 구원이 된다고 하는데 수필이 나를 낭떠러지에 처박다니 말이 되지 않는다며 속으로 중얼거린다. 달리 도리는 없다. 기왕 버린 몸은 어쩔 수 없이 수필의 옷자락에 매달린다. 하는 꼴이 측은했던지 수필이 내 머리를 쓰다듬는 은근한 느낌을 받는다.

3

어쩌다 입에 담은 소재의 내부를 천착한다는 도저한 정신으로 수필을 위한 구명조끼로 삼고 있다. 이쪽으로 조금 저쪽으로 조금 캐는 사이 언어란 것이 빛깔을 바꾸면서 새로운 분위기를 보여준다. 거기 흥이 끌려 분재가들이 분재목을 비틀어 철사로 옭아매는 노력을 수필창작의 한몫으로 삼고자 한다.

소재를 남다르게 본다. 그 새로운 시각으로 언어가 비틀리면서 한쪽으로 기우뚱하는 소리를 듣는다. 언어의 팔을 비틀고 어깨를 쭉 펴게 하느라 언어 이쪽저쪽에서 비틀린 팔의 각도를 알맞게 맞추는 잣대를 댄다. 언어에의 폭력을 일삼는 잔인한 노릇이지만 이런 노력 또한 놓칠 수 없는 수필에의 길이라며 비정한 과단성을 부린다. 때로는 비트는 노릇이 서툴러 언어의 가지를 부러트리기도 한다. 그러면 그걸 다시 고정시키느라 깁스를 대는 등 호들갑을 떤다. 틀이 어긋난 언어는 본래의 언어를 찾아 길을 찾는데 이미 어긋난 언어는 처음의 생명력을 잃는다. 제자리를 찾지 못하고 방황하는 언어를 보는 것은 아쉽다.

관습적인 국면에서 벗어나자고 말은 하면서도 나도 몰래 관습적인 국면의 함정으로 들어서고 있는 자아를 발견한다. 이건 아닌데 하면서 쓴 입맛을 다신다. 타성에 굳어버린 수필쓰기는 수필에 아무런 보람도 끼치지 못한다. 상식적인 언술이지만 이 언술에 그냥 편안하게 매달려 안이한 수필쓰기를 견지하고 있다. 당연히 수필정신의 나태함인데 이에서 쉽게 벗어나지 못하고 있으니 딱하다. 이 서글픔에도 서글픔이란 것을 심각하게 받아들이지 못하는 태도는 더욱 민망한 노릇이다.

겨우 들어선 길이 대상의 내부천착이지만 이 또한 남들이 다 써먹고 남은 공법임을 자각한다. 어디 또 다른 길은 없을까 하고 두리번거리는 처신은 다른 수필가의 뒤꽁무니나 좇는 모방행위로 그치고 만다. 수필이 요구하는 창의성을 저버린 태도는 어디 내놓아도 그게 그것인 수필에 그치고 마는 불운의 덫에 갇힐 뿐이다. 딱하고 얄팍한 노릇이다.

수필은 말할 나위도 없이 밤을 낮으로 여기면서 몰두하는 혐

준한 깨달음에의 길이다. 그 길에 들어서지 못하면 수필문학의 진정성은 획득하기 어려울 것이다. 전광석화처럼 날아와 날아가는 이미지의 불꽃을 포획하고자 수필가는 도수 높은 상상력의 안경을 낀다. 느슨할 수가 없고 느슨해서도 되지 않는다. 함으로 치열한 긴장의 연속이 수필가를 깨우는 일일 따름이다.

막장에 들어선 광부처럼 수필가는 수필의 검은 진흙덩어리를 찾아 곡괭이를 휘둘러야 산다. 끈적끈적한 검은 덩어리는 수필의 맥이다. 그걸 캐내고자 한 가닥 불빛에 전력투구하는 노력을 다한다. 이렇게 써놓고 보니 치열한 수필정신처럼 보이지만 누구나 다 아는 흔한 말투가 되었다. 흔한 것을 들추는 나는 늘품수가 없다. 금방 아니라고 해 놓고 다시 비슷함의 길에서 어정거리며 헤어나지 못한다. 모든 어정거림은 수필로 통한다. 이렇게 써보아도 모든 길은 로마로 통한다의 복제판이다.

더 이상 군말을 대지 않으려 한다. 수필에의 긴장을 놓치지 말자. 대상을 애무하려는 나는 대상과 부딪치려 하면서 좀처럼 부딪치지 못한다. 충돌에서 야기되는 불씨를 손에 쥘 수 없는 나는 아직도 허무맹랑하다. 혹 이 허무를 끌어와 수필의 중심으로 덧칠할 수는 없을까. 궁리는 궁리에 몰입한다.

그림자를 찾아

수필 또한 봄기운을 받아 태어나서 자란다. 하기에 수필의 디엔에이[DNA] 속에는 봄이란 피가 흐르고 있다. 그 피는 신록으로 우거진 여름을 지나 완숙의 가을을 거쳐 새로운 출발을 준비하는 겨울의 문턱을 넘어 다시 봄으로 이어지는 순환회로를 갖는다.

사계절의 빛깔이 뚜렷한 우리나라의 경우 봄은 말할 나위도 없이 탄생의 계절이다. 하기에 새 생명이 약동[스프링]하는 눈부신 박수를 받는다.

얼어 굳었던 땅을 밀고 치솟아 오르는 여린 싹에서 안간힘 쓰는 생명의 약동을 본다. 흔들리는 가느다란 나뭇가지 끝에서도 임부의 배처럼 부풀어 오르는 당찬 기운이 있다. 새 생명이 꿈틀대는 환희의 소리는 천공을 울리는 은은한 오케스트라가 된다. 그 아련한 대 관현악에 귀를 기울이라고 봄은 말한다. 봄은 관념으로 오는 것이 아닌 구체적인 현상과 표현으로 사람의 오감을 포근하게 자극한다.

사람의 일생에서 가장 아름다운 결실을 수확하기 위해선 순풍만이 있는 것은 아니다. 때로는 눈바람 또 때로는 된서리며 질풍노도가 길을 꺾기도 한다. 그만이 아니다. 한겨울의 뼈를 깎는 추위와 한여름의 불볕 또한 가고자 하는 길을 가로채는 이러저러한 장애물이다. 그걸 뛰어넘어야 비로소 바라던 결실을 보람차게 거둘 수 있다.

본래 고苦는 낙樂을 은근히 감추고 시침 떼기를 한다. 그 시침 속에는 고락苦樂이 있다. 고만 있고 낙이 없다면 인생은 허망주의의 구덕 속에서 헤매게 될 것이다. 반대로 낙만 있고 고가 없다면 인생은 완벽한 쾌락주의라는 구덕에서 헤어나지 못할 것이다. 뛰어오르고자 하는 마음에 높은 곳이 있고 뛰어내리고자 하는 마음에 낮은 곳이 있다. 높은 자리에 앉은 사람은 높다고 우쭐댈 것은 아니다. 낮은 자리에 앉은 사람 또한 낮다고 비관할 일도 아니다.

수필은 그가 가야 할 수필이라는 이런저런 높고 낮은 길이 있다. 처음은 험하지만 차츰 환하게 풀리는 길임을 수필가는 안다.

수필을 위하여 무엇을 어떻게 할 것인가를 생각하고 그걸 실천에 옮기는 길을 익히려 애를 쓴다. 가시덩굴 같은 험한 길인가 하면 평탄한 길이 깔려 있기도 하다. 수필은 수필가의 마음 안에서 수필의 잣대를 요량한다. 그 요량은 이만치서 혹은 저만치에 서라는 거리를 두고 하는 말은 아니다. 수필과 함께하며 수필에 운명을 거는 전력투구의 요량이기도 하다. 하기에 수필가는 음풍농월하는 한가한 놀이와는 거리를 둔다. 이것은 어떻고 저것은 어떻고를 세심하게 파고든 처방에 따라 수필이라는 알맹이는 이윽고 태어난다.

수필은 누구나 다 아는 문학을 돋보이게 하는 글이다. 하기에 그 운명은 어떤 모양새와 내용을 담은 작품을 꾸리느냐에 있다. 누구나 다 쓰는 일상에 젖은 수필이라면 그다지 의미는 없다. 관습적인 언어운용, 타성적인 생각의 잣대로는 개성 있는 수필이라고 하기 어렵다.

수필은 산문문학이라는 점에서 어디까지나 문학의 향기를 띨 수 있는 수필이라야 하겠다. 무엇이 문학이냐는 많은 연구가들이 밝히고 있다. 거칠게 말한다면 문학은 그 작가만이 발언하고 사색하는 참신한 세계창출에 그 의미를 두는 것이 좋을 것이다. 그런데 신변위주의 수필은 그게 그거라는 지탄을 받기 쉽다. 비록 신변을 소재로 삼더라도 구성 표현 사색의 심오한 결로 짠다면 결코 그게 그거라는 지탄은 받지 않을 것이다.

매명행위나 다름없는 글을 쓰고 그걸 서둘러 지면에 올리고 무엇인가를 바라는 행위는 결코 수필정신이 아니다. 누구나 다 아는 소재를 혼자만 아는 체하는 지식과시형 작품은 모방은 되어도 개성 있는 작품이라고 볼 수는 없다. 선각자의 글을 인용하여 그 자신을 선각자의 반열에 세우고자 하는 얄팍한 수작도 결코 바람직스런 일은 아니다. 수필은 수필가 스스로가 탐구한 새로운 세계를 인식하는 혜안이라야 비로소 개성이 돋보이는 수필로서의 값을 지니게 된다.

그런 의미에서 수필가는 모름지기 존재의 새로운 그림자를 찾아 나서는 고행주의자이다. 그 노력은 수필의 길에 보다 참신한 바람이 될 것이다. 어제 지나간 바람은 오늘 똑같은 모습으로 지나가지 않는다. 어제와 다른 모습, 어제와 다른 길에서 나부끼는 바람의 몸짓을 찾아야 할 것이다.

수필에 느슨해지지 말자고 스스로 다짐을 한다. 말만 번드레하게 늘어놓은 결과임을 스스로 알게 되니 새삼 수필에 부끄럽다. 글의 그림자가 갖는 또 다른 그림자를 찾아 끝없는 고행의 길에 나서야겠다.

상수리나무 아래

　　상수리나무 숲에 벌렁 드러누워 하늘이나 본다. 하늘보다 먼저 얼기설기 엉킨 나뭇가지가 눈에 들어찬다. 뼈만 앙상한 숲은 간결체 문장처럼 맑고 투명하다.

　나뭇가지 끝에 먼 산봉우리가 팔을 벌린 채 걸려있다. 그 산봉우리를 타고 구름이 걸려 산봉우리가 되었다. 산위의 산이 된 구름을 본다. 그런가 하면 또 다른 구름이 산봉우리가 된 구름의 등을 타고 느린 걸음으로 소요하듯 지나간다.

　나뭇가지는 천공에 떠도는 구름과 바람 등 온갖 부유물을 빨아들이는 나무의 입이며 코다. 미세한 흡인력으로 산새의 울음소리며 꽃들이 피고 지는 소리를 흡수하느라 길게 팔을 뻗기도 한다. 사람의 몸속으로 흐르는 혈관처럼 굵고 가느다란 가지로 나무 주변을 스쳐 지나가는 바람을 빨아들여 나무의 몸속으로 보내겠다. 그 힘으로 당당하게 추위를 이겨나가는 나무는 차가운 바람이 달콤한 먹이임을 안다. 천공 높이 팔을 뻗은 기운은 추위에 웅크리는 사함에게 힘을 내라고 타이르는 듯 칼칼하다. 그 부단한 노력이 나무를 튼튼하게 살리는 힘이지 싶다.

미세한 나뭇가지를 보는 눈에 거미줄이 떠오르는 건 자연스런 일이다. 고기떼가 지나다니는 바다에 그물을 치는 어부처럼 거미는 곤충이 날아다니는 길목에 그물을 치고 먹이를 잡는다. 이미지가 떠오를 때 그걸 놓치지 않으려고 종이쪼가리와 볼펜을 호주머니에 끼고 다니는 일도 그물치기와 조금도 다르지 않겠다. 나 또한 한 마리 거미다.

이런저런 생각을 하는 머리에 생각의 모양새라는 것이 어떻게 생겼는지 궁금해진다. 눈에 보이지도 아니하고 손으로 만지거나 냄새를 맡을 수도 없는 생각이라는 관념은 뜻밖에 이러저러한 생생한 깨달음[生覺]이란 뜻으로 다가온다. 이를테면 꽃을 보는 순간 마음에 향기가 일고 그 향기를 밀어올리며 꽃이 핀다. 물이 흐르는 소리에 귀가 멎는 생각에는 졸졸 물소리가 들린다. 돌을 보는 눈에 꽂히는 생각은 돌처럼 폭발하는 힘이 있다. 냄새를 맡고 그 냄새를 식별할 줄 아는 생각은 오관[五官]을 이리저리 굴리고 오관은 또 다른 생각을 끌어와 부려먹는다. 기쁜 일을 만나면 기쁨이, 슬픈 일과 만나면 슬픔이 되는 생각은 천변만화하는 구름을 닮는다.

깊이 생각하라는 소리가 느닷없이 귀를 간질이며 들리는 느낌에 찬다. 무엇을 깊이 생각할 것인가 하고 둘러보는데 눈에 들어오는 것이 없어 막연하다. 이런 때는 이른바 없음에서 있음이라는 길을 찾아 오관의 문을 연다. 이미 존재하는 것 너머의 존재를 찾아 나설 때 세계는 참신한 모습으로 태어나리라.

나무라고 입술을 놀려보는데 나무가 성큼성큼 눈앞에 나타난다. 길이라고 소리를 쳐보는데 길이 또 등을 내민다. 실은 나무와 길은 처음부터 마음속에 있었고 눈 속에 있었는데 그걸 미처 깨닫지 못하고 마음 밖으로만 찾아 서성거렸다. 마음으로 듣고 보는 일이 서툴렀던 나는 피상적인 생각에 만족하고 그걸 써먹으려 서툴게 나부대었다.

상수리나무는 빈 몸으로 겨울바람에 맞서고 있다. 그 의젓함은 순수한 나무의 덕목이다. 비워야만 다음 계절에 껴입을 수 있는 건강하고 참신한 잎이 돋는다. 얼기설기 엉클어진 미세한 가지는 무에서 구할 수 있는 유를 위한 그물치기나 다름없겠다.

생각이라는 이런저런 가지에 매달리는 처방을 찾아 눈을 두리번거리는데 금방 가지에 날아든 산새처럼 짚이는 것이 있다. 그것을 행여 놓칠까봐 이리저리 마음에 굴리며 다독거린다. 그런데 생각에 또 고장이라도 났을까. 오전 내 만지작거린 컴퓨터가 눈에 떠오른다. 그 전원을 끄고 나왔는지 켠 그대로 두었는지 헷갈린다. 컴퓨터 화면이 거듭 눈에 어른거린다.

상수리나무 가지에 컴퓨터 화면이 매달린다. 그걸 지우고자 애를 쓰는데 화면은 좀체 비껴갈 생각을 하지 않는다. 그래 이번에는 주문이라도 거는 마음으로 '푸른 나뭇잎'이라며 아직 태어나지도 않는 나뭇잎을 들춘다. 그 결과일까. 뾰족한 가지 끝에 좀 푸르스름한 빛깔이 떠오르는 느낌이 든다. 생각하기 나름이라고 했다.

설 명절을 지나기 무섭게 매서운 겨울이 품고 있던 시절의 알인 입춘이 보인다. 상수리나무에 새잎이 솟을 무렵 나는 또 상수리나무 아래 서 있을 것이다.

수필의 격格

1

언어예술의 한 분야인 수필 또한 대상을 참신하게 보고 느끼고 이를 문장으로 나타내는 문학이다. 대상이 품고 있는 은밀한 의미를 찾아 직조하려는 작업이 수필쓰기이다. 석공이 돌을 쪼아 돌 속에 잠재된 부처를 찾아내고 꽃을 찾아내는 작업에 견줄 수 있다. 그 일이 가장 독창적이고 의미있는 수필쓰기가 된다.

하기에 수필은 대상을 번안하거나 복사하는 작업이 아님을 알 수 있다. 가장 독창적이고 참신하고 개성 있는 수필가의 시선은 대상을 응시하는 눈과 대상이 말하는 소리를 들을 수 있는 귀를

갖는다. 소리를 보고 빛을 듣는 관음觀音의 길이 곧 수필에의 길임을 깨닫는다.

언어요리사로서의 수필가는 언어를 찾아 그 언어를 다스릴 줄 아는 기법을 익힌다. 하기 때문에 수필가는 언어의 속사정과 친하고자 그 속사정과 논다. 말을 보고 듣고 향기를 묻는다. 그것은 길 가다가 들을 수 있는 쌀값이야기거나 점포마다 수북하게 쌓이는 과일시세일 수도 있다. 길바닥의 먼지로 얼룩진 돌이야기가 수필로 승화되어 사물을 참신하게 다루는 표현문학의 단계를 넉넉히 짐작할 수 있다.

그러기 위해서는 대상을 보는 직관력이 요구된다. 대상을 깊이 보고 새로운 깨달음을 찾는다. 그것이 참신한 의미[depaysment]를 발견/ 부여하는 길이 된다. 이야기로 구성하는 서사적 흐름도 놓칠 수 없는 몫이지만 읽은 다음 느끼고 생각할 수 있는 틈을 주어야 수필이 살아남는다. 그 속에 묘미가 있다. 모든 내용을 남김없이 드러낼 때 그 수필은 이야기 글에 지나지 않는 수필 이외의 몫에 처질 수 있다.

낯익은 언어를 재탕하는 것, 떠돌아다니는 언어를 자기언어처럼 쓰는 건 표절은 되어도 창의적인 몫은 전혀 아니다. 수필문학을 하는 기본적인 태도는 대상의 새로운 국면을 찾아 그 대상을 새로운 가치로 뜻을 매기자는 것에 있다. "인생은 초로와 같다." 는 처음 대단한 언술이었다. 하지만 그 비유는 이미 상식적이고 식상한 몫이 되고 말았다. 하기에 수필가는 새로운 세계, 참신한 비유를 찾으려 노력하는 언어탐구자이다.

춤추는 붓이라는 말이 귀에 닿는다. 묵화를 치는 화가의 신들린 붓놀림을 그렇게 말하고 있다. 초서체는 어떤 점 춤추는 모습이다. 신들린 글씨에 물결이 꿈틀거리고 용이 솟아오르는 기백이 있다. 어떤 사詐스러움도 볼 수 없다. 고담준론高談峻論이나 일삼으려는 언어나열의 풍경과는 사뭇 다르다.

수필언어는 구석진 곳에 먼지처럼 숨어 있거나 길바닥의 작은 돌처럼 발에 걸려 굴러다니기도 한다. 하찮게 여기는 먼지와 돌에서 수필의 꽃이 피는 걸 보는 것은 기쁜 일이다. 쓸어낸 먼지는 먼지라는 세계를 갖는 하나의 존재임을 수필가는 깨닫는다. 굴러다니는 돌인들 이와 다를 바 없다.

수필에 이런저런 수식어를 덮어씌우는 야단스런 일은 접어두어도 좋을 것이다. 수필은 수필일 뿐 다른 잡티는 섞일 수 없고 섞일 경우 수필의 격만 떨어트릴 뿐이다. 수필은 화장을 마다하는 민얼굴이다. 그런 순수함이 웅숭깊은 수필정신이며 그 문학에의 당당한 길이다.

2

수필에서의 감동이란 멀리서 은은하게 울려오는 종소리에 비길 수 있다. 그 울림은 딸랑딸랑하는 종소리는 아니다. 소리의 긴 그림자를 남기며 사라질 듯 사라지지 않는 여운 속의 소리, 그 소리는 은은하다. 함으로 종소리는 미美의 다른 말이기도 하다.

저녁 무렵 깊은 산사에서 울리는 종소리는 가슴을 적시는 파문을 일으킨다. 종소리 하나에 살아온 하루를 생각하고 종소리 둘에 살아갈 내일을 생각한다. 종소리는 그 소리를 듣는 사람더러 많은 것을 생각하게 한다. 수필의 여운 또한 생각에 잠기게 하는 종소리이다. 하기에 수필을 읽고 쓰는 것은 마음의 깊은 데서 울려나오는 종소리를 듣는 기쁨에 있다.

수필은 재미가 따라야 좋은 수필일 수 있다는 말은 수필의 깊은 여운과는 별개의 문제다. 재미는 흥미는 주지만 감동은 아니다. 웅숭깊은 강물은 은근한 여운[감동]을 느끼게 한다. 그러나 졸랑졸랑 흐르는 개울물은 재미는 주지만 감동은 아니다. 수필에서 재미를 갖는다는 것은 개울물 소리를 듣자는 일이다. 올림픽에서 금메달을 차지한 선수에게 아나운서가 그 감동을 물을 때 역시 '이 기쁨'이지, '이 재미'는 아니다. 수필쓰기와 읽기에서 글 전체의 맥락도 중요하지만 그 맥락을 구성하는 언어 하나하나를 가볍게 여길 수 없는 것은 자명한 일이다. 감동은 대상을 보고 느끼는 가슴에서 우러나온 내용물을 거기 알맞은 언어로 표현한 결과물이다. 표현을 위한 상상력은 수필의 깊이와 넓이를 더욱 풍요롭게 한다.

미학의 한 측면을 두고 볼 때 수필은 언어미학으로서의 경지와 함께하고 이를 동반한 장르라고 말할 수 있다. 수필 따로 미학 따로는 아니다. 수필정신 속에 미학이 있고 미학 속에 수필정신이 있음을 놓칠 수 없다. 이로써 보아도 수필은 언어미학의

한 축을 차지하고 있음은 당연하다.

운문의 격을 초월하려는 수필정신이 있음을 눈여겨볼 일이겠다. 운문은 운문, 산문은 산문이란 엄격한 틀을 짜놓고 그 틀에서 벗어나는 자를 따돌리려는 엄숙주의에서 느긋해야 문학의 다양성에 값하고 문학이 동반성장하는 빛을 볼 수 있다. 문학은 외골수만을 선호하지 않는다. 거미줄처럼 얽혀 사는 세상에 운문과 산문의 틀이 서로 긴밀한 조직망으로 어울려야 비로소 든든하고 값진 문학으로서의 구성체가 된다. 비빔밥은 밥 따로 나물 따로 아닌 서로 어울려야 제대로의 맛을 낸다. 수필이 어디 비빔밥이냐고 생트집을 잡으면 어쩔 수 없지만.

수필세계 내부에도 대중성과 순수성이라는 기호嗜好 편향이 은근히 나타나는 건 어쩔 수 없다. 거칠게 말한다면 대개의 스토리중심인 수필[재미]은 대중성에 가깝다. 그러나 대상이 갖는 참신한 정서를 천착하려는 수필[기쁨]은 순수성에 가까운 수필이라고 거칠게나마 점 찍을 수 있다. 하지만 이런 어설픈 잣대가 절대적인 것은 결코 아님은 물론이다.

대중성은 인기종목이 될 수 있으나 순수성은 인기와는 거리가 다소 서먹서먹하다. 사람은 대중의 중심에서 은근히 주목을 받고 싶어 한다. 그런 점 인기종목이 된 수필을 목에 건다. 그러나 안타까운 일이지만 인기를 노릴 때 입담 좋은 수필이 되기 마련일 뿐 대상을 새롭게 보는 측면에서는 무게를 잃기 쉽다. 인기는 한

때의 박수일 뿐 시간이 지나면 시드는 꽃이 되는 아쉬움도 있다.

수필은 논리성을 따지는 논설이나 학술문과는 거리가 멀다. 같은 산문이라는 집안이되 수필은 세상의 이치를 체계적으로 알려고도 하지 않는다. 수필은 사물의 속내와 내통하는 정서를 내포하는 글쓰기이기 때문이다. 그런 점 수필은 야단스럽지 아니한 산책이라고 할까. 산책은 생각의 깊이에 골몰하느라 쓸쓸함과 동반한다. 이 쓸쓸함의 의미와 좌충우돌하는 고뇌를 갖는 자가 수필가이다.

이렇게 말하면 수필은 문맥을 도외시한 중구난방이라는 비난을 받기 쉽다. 하지만 그 문맥 없는 것 같은 맥락 속에 엄연한 문맥을 갖는다. 체계를 그다지 염두에 둘 일이 없는 수필은 서론 본론 결미라는 것은 무의미하다. 체계가 없기 때문에 흔히 수필은 붓 가는대로 쓰는 글이라는 말을 들을 수 있다. 하지만 없는 체계 속에 엄연한 체계를 갖는 것이 수필의 흐름이다. 이런 점 수필은 수필로서의 논리성에 은근히 철저하다.

수필에서의 서론 결미는 수필을 위한 하나의 부속품에 지나지 않는다. 있으면 있는 대로 없으면 없는 대로 수필의 뼈대는 강건하게 구성된다. 글의 중심인 본론이 서론과 결미를 모두 흡수한다고 보면 될 것이다. 왜냐하면 서론과 결미는 글을 위한 일종의 준비과정이며 글이 끝나감을 암시하는 군더더기에 지나지 않기 때문이다. 담백하고 감칠맛을 요하는 수필에서 굳이 군더더기를 내세워 글의 출발과 끝남을 알릴 이유가 없다.

'안개같이 시작해서 사라지는 글은 가장 높은 글'이라는 말을
윤오영은 《수필문학입문》(관동출판사/1975)에서 밝히고 있다. 어
느 문학이나 다 그렇지만 수필 또한 문맥이나 내용에서 너절해
지는 것을 기피한다. 하기 때문에 군이 서론 부분이니 결미 부분
이니 하고 꿰어 맞추기를 하지 않아도 되겠다. 서론이나 결미부
분은 본론 부분으로 함축시킬 때 글은 더욱 생동감이 살아남는
깊이 있는 수필이 될 것이다.

수필은 그 사람의 품격이라고 했다. 이를 의식한 나머지 현학
적인 언술과 현학적인 인용으로 수필의 몫을 채우고자 시도할
때 수필의 격은 오히려 떨어진다. 수필은 일상적인 어법으로 만
족하는 친서민적인 문학으로 생각하면 마음에 보다 큰 여유가
생길 것이다.

수필의 길이는 대개 원고지 열 몇 장이라는 고정적인 울타리
를 갖는다. 그러나 이에 매달릴 때 수필은 사무적인 틀에 갇히게
된다. 매수에 끌려 길게 써서 줄이는 압축형은 단아미가 있지만
짧게 써서 너절하게 부풀려나가는 글에서 아쉽게도 감동이며 미
적효과마저 놓치게 된다.

여기 한 접시가 있다. 과일을 담으면 과일접시가 되고 꽃을
꽂으면 꽃꽂이접시가 된다. 그런 변용의 아름다움을 갖는 글이
수필이다.

유병근 수필집

이런 핑계

인쇄 2014년 05월 10일
발행 2014년 05월 15일

지은이 유병근
발행인 서정환
펴낸곳 수필과비평사
주소 서울시 종로구 삼일대로 32길 36(익선동 30-6 운현신화타워 빌딩) 301호
전화 (02) 3675-5633, (063) 275-4000 · 0484
팩스 (063) 274-3131
이메일 sina321@hanmail.net   essay321@hanmail.net
출판등록 제300-2013-133호
인쇄 · 제본 신아출판사

ISBN 979-11-85796-03-1   03810
값 14,500원

이 도서의 국립중앙도서관 출판시도서목록(CIP)은 서지정보유통지원시스템 홈페이지
(http://seoji.nl.go.kr)와 국가자료공동목록시스템(http://www.nl.go.kr/kolisnet)
에서 이용하실 수 있습니다.(CIP제어번호: CIP2014014779)

Printed in KOREA